La Maison enragée

Richard Matheson

La Maison enragée

et autres nouvelles fantastiques

Librio

Texte intégral

QUAND LE VEILLEUR S'ENDORT

Si un observateur avait survolé la ville à cette heure du jour, qui ressemblait à n'importe quel autre jour de l'an 3850, il aurait pu penser que toute vie s'en était retirée.

Passant au-dessus des tours dépourvues de rouille, il aurait cherché en vain un signe d'activité humaine. Son regard aurait balayé les larges rubans des autoroutes qui passaient les unes sur les autres comme la trame de quelque gigantesque métier à tisser, il ne serait pas tombé sur la moindre automobile ; il n'aurait vu que des voies désertes et des feux de circulation réglant mécaniquement la progression de véhicules absents.

En perdant de l'altitude pour zigzaguer entre les tours étincelantes, il aurait pu voir les trottoirs roulants, la rotation calculée des énormes ventilateurs urbains qui soufflaient le chaud en hiver, le frais en été, les portes minuscules qui s'ouvraient et se refermaient, les jets d'eau des parcs qui fusaient comme autant de geysers parfaitement disciplinés.

Plus loin, il aurait traversé le grand terrain où les astronefs luisants s'alignaient devant les hangars. Plus loin encore, il aurait eu vue sur le fleuve, sur les navires de métal accostés à la rive, une délicate écume frémissant à la poupe sous l'effet de leurs aérateurs continuellement en action.

Une fois de plus, le visiteur aurait plané au-dessus de la ville proprement dite, en quête d'un signe de vie dans les larges avenues, le réseau des rues, le tracé appliqué des zones d'habitation, la citadelle métallique du quartier commerçant.

Ses recherches auraient été vaines.

Il n'aurait perçu que des mouvements mécaniques. Et, sachant de quelle ville il s'agissait, l'observateur aurait cessé de chercher des habitants pour s'intéresser à ces structures métalliques qui se dressaient à un petit kilomètre les unes des autres. Ces bâtiments circulaires abritaient les machines infatigables, les serviteurs bourdonnants des citoyens.

C'étaient les machines qui se chargeaient de tout. Nettoyaient l'air de ses impuretés, commandaient les trottoirs et ouvraient les portes, communiquaient leurs impulsions synchronisées aux feux de circulation, faisaient fonctionner les jets d'eau et les astronefs, les navires fluviaux et les ventilateurs.

Telles étaient les machines : d'une efficacité sans défaut qui leur valait une confiance aveugle de la part des habitants de la ville.

Pour l'instant, les habitants en question reposaient sur leurs lits pneumatiques. Et la musique diffusée par les haut-parleurs muraux, les fraîches brises dispensées par les ventilateurs, l'air même qu'ils respiraient, tout cela était produit et distribué par les machines, les fidèles, les infaillibles machines.

Et voilà qu'un bourdonnement venait leur chatouiller les oreilles. La ville s'éveillait à la vie.

Un bourdonnement continu.

Du fond du noir tourbillon du sommeil, tu le perçois. Ton nez aristocratique se fronce et les fibres nerveuses qui conduisent aux autoroutes de tes extrémités frémissent.

Le son te vrille en profondeur, fend les couches de ta torpeur et enfonce un doigt impatient dans la matière palpitante de ton cerveau. Tu tournes la tête sur l'oreiller, grimaces.

Pas d'interruption. Tu tends une main engourdie et la refermes sur le combiné. Un œil entrouvert à force de volonté, tu marmonnes d'une voix lasse dans l'appareil.

« Capitaine Rackley ! » La voix tranchante te fait grincer des dents.

« Oui, réponds-tu.

— Ordre de vous présenter immédiatement au quartier général de votre compagnie ! »

Voilà qui balaie sommeil et contrariété comme un vieillard irascible renverse les pièces de son échiquier. Tes abdominaux entrent en action, tu te retrouves assis. Dans ta noble poitrine, la boule de chair palpitante qui règle ton débit sanguin juge bon de s'enfler et de se contracter de façon plus insistante. Tes glandes sudoripares entrent en fonction, prêtes pour le danger, pour l'héroïsme.

« Est-ce... ? commences-tu.

— Présentez-vous immédiatement ! » crépite la voix, et un déclic brutal te perce le tympan.

Toi, Justin Rackley, tu lâches le combiné – plonk – sur son socle et bondis hors du lit dans un envol de draps.

Tu fonces vers ta penderie, l'ouvres d'un coup sec. Plongeant dans ses profondeurs, tu en ressors aussitôt avec ton pantalon et la tunique à la dimension de ta large poitrine. Tu les enfiles, te laisses tomber sur le siège le plus proche et enfonces tes pieds dans des bottes militaires noires.

Et ton visage réfléchit des pensées sombres – ô combien ! Tout en passant un coup de peigne dans tes épais cheveux blonds, tu as la certitude de savoir pourquoi il y a urgence.

Les Rouillards ! Ils remettent ça !

À présent bien réveillé, tu fronces le nez d'un air sévère. Les Rouillards constituent un aliment répugnant pour tes pensées avec leur douze membres, signe d'une ascendance extraterrestre, et cette boue visqueuse, reptilienne, puante qu'ils exsudent.

Tandis que tu te précipites hors de ta chambre, sautes pardessus la rampe et dévales les escaliers, tu te demandes une fois de plus d'où sortent ces affreux Rouillards, quels odieux croisements ont produit leur monstrueuse espèce. Tu te demandes où ils vivaient, où ils faisaient proliférer leur sinistre progéniture, où ils tenaient leurs conseils de guerre, avant d'entreprendre leur reptation vers ces énormes fractures de l'écorce terrestre dont ils ont surgi en masse pour attaquer.

Sans trouver la moindre réponse à ces questions sans fin, tu sors de la résidence au pas de course et descends quatre à quatre les marches qui mènent à ta fidèle automobile. Une fois dedans, tu mets en branle boutons, leviers, pédales, tout le tremblement, et elle file bientôt dans les petites rues en direction de l'autoroute conduisant au quartier général.

À ce moment de la journée, il n'y a naturellement que peu de gens dehors. En fait, tu n'aperçois personne. Ce n'est qu'au bout de quelques minutes, après avoir viré sec pour t'élancer sur la bretelle permettant de rejoindre l'autoroute, que tu vois les autres autos foncer vers la tour qui se dresse huit kilomètres plus loin. Tu supposes, et à juste raison, que ce sont tes collègues, tous semblablement arrachés au sommeil par la mobilisation.

Les immeubles filent sur les côtés tandis que tu appuies sur le champignon, le visage toujours sévère, prêt au danger, grand guerrier que tu es ! À la vérité, tu n'es pas fâché de cette occasion de reprendre de l'activité après un mois d'oisiveté. Mais les circonstances restent assez déplaisantes. Penser aux Rouillards ferait frissonner n'importe qui, non ?

Qu'est-ce qui les pousse à remonter de leurs abîmes inconnus ? Pourquoi cherchent-ils à détruire les machines, à suinter cette sanie acide qui ronge le métal, fait tomber les dents des engrenages comme les pétales d'une fleur fanée ? Quel est leur but ? Mettre la ville en ruine ? Régner sur ses habitants ? Les massacrer ? Horribles questions, questions sans réponses.

Dieu merci, songes-tu en pénétrant sur l'aire de parking du quartier général, les Rouillards n'ont réussi à s'en prendre qu'à quelques-unes des machines les plus excentrées – dont, heureusement, les tiennes ne font pas partie.

Au moins ne savent-ils pas plus que toi où se trouve la Grande Machine, cette fabuleuse source d'énergie qui fait fonctionner toutes les autres.

Le fond de ton pantalon militaire glisse sur le siège et tu sautes à terre. Tes bottes noires claquent sur le ciment tandis que tu cours vers l'entrée. D'autres officiers quittent également leurs véhicules pour s'élancer sur le vaste parking. Aucun ne dit mot ; tous affichent un masque sinistre. Certains d'entre eux t'adressent un bref signe de tête dans l'ascenseur qui monte dans sa cage. Sale affaire, penses-tu.

Petit tiraillement dans le bas-ventre : la cabine s'arrête et la porte s'ouvre dans un chuintement. Tu sors et t'avances en silence dans le couloir conduisant à la salle haute de plafond où se tiennent les briefings.

Elle est déjà presque pleine. Les jeunes gars, tous beaux et musclés, se tiennent par petits groupes. Ils parlent des Rouillards à voix basse. Les murs gris insonorisés absorbent leurs commentaires pour ne renvoyer que du silence.

Les gars t'accordent un regard, un signe de tête lorsque tu entres, puis reprennent leurs conversations. Le capitaine Justin Rackley – oui, c'est bien toi – s'assoit au premier rang.

Puis tu relèves la tête. La porte des officiers supérieurs s'ouvre brusquement. Le général entre à grands pas, une liasse de papiers dans son poing carré. Il a lui aussi une tête d'enterrement.

Il monte sur l'estrade et fait claquer sa paperasse sur la lourde table qui s'y trouve. Puis il se laisse choir pesamment sur un coin du plateau et cogne du talon le pied de la table jusqu'à ce que tous tes collègues interrompent leurs conciliabules pour s'empresser de prendre place. Quand le silence plane sur toutes les têtes, il pince les lèvres et frappe la table du plat de la main.

« Messieurs, dit-il d'une voix d'outre-tombe, une fois de plus, un terrible danger pèse sur notre cité. »

Il marque un temps et donne l'impression de quelqu'un capable de faire face à n'importe quelle situation d'urgence. Tu espères devenir un jour général et donner pareille impression. Rien ne m'en empêche, songes-tu.

« Je ne vais pas gaspiller un temps précieux », reprend le général, gaspillant ainsi un temps précieux. « Vous connaissez tous vos affectations, vous connaissez tous vos responsabilités. Au terme de ce briefing, vous vous présenterez à l'arsenal pour y retirer vos pistolets à rayons. N'oubliez jamais que les Rouillards ne doivent à aucun prix approcher des machines et s'en tirer vivants. Tirez pour tuer. Les rayons sont sans danger, je répète, *sans danger* pour les machines. »

Il vous regarde tous, impatients jeunes gens que vous êtes.

« Vous n'ignorez pas non plus, poursuit-il, les dangers que présente le poison des Rouillards. Par conséquent, étant donné que la moindre piqûre de leurs dards peut vous conduire à la mort dans des souffrances atroces, vous vous verrez affecter, comme vous le savez déjà, une infirmière spécialisée dans la lutte contre les empoisonnements de l'organisme. Donc, en sortant de l'arsenal, vous vous présenterez à la Prévention. »

Il cligne de l'œil de façon parfaitement déplacée.

« Et rappelez-vous ! dit-il d'une voix vibrante de solennité. Nous sommes en *guerre* ! En guerre, entendez-vous ? »

Naturellement, cette déclaration lui attire des sourires approbateurs, quelques ricanements et bon nombre d'apartés qui n'ont rien de militaire. Sur quoi le général abandonne brusquement son rôle de compagnon de rigolade pour reprendre ses distances et son autorité.

« Une fois qu'une infirmière vous aura été affectée, ceux d'entre vous dont les machines sont situées à plus de vingt-cinq kilomètres de la ville se rendront au spatioport, où on leur affectera un spatiocar. Vous vous mettrez alors en route dans les meilleurs délais. Des questions ? »

Pas de questions.

« Inutile de vous rappeler l'importance de cette mission, ajoute le général. Comme vous le savez, si les Rouillards pénétraient dans l'enceinte de la cité, exerçaient leurs ravages au cœur de notre complexe technologique, localisaient – Dieu nous en préserve ! – la Grande Machine, nous n'aurions plus rien à attendre, que la plus impitoyable des boucheries. La ville serait détruite, nous serions tous anéantis, l'humanité serait rayée de la carte. »

Les petits gars le regardent en serrant les poings, des pensées patriotiques caracolant dans leurs têtes comme des satyres pris de boisson – la tienne comprise, Justin Rackley.

« Terminé, conclut le général en agitant la main. Je vous souhaite de beaux cartons ! »

Il saute à bas de l'estrade et s'éclipse, la porte s'ouvrant comme par magie une fraction de seconde avant que son nez impérieux ne se fracasse dessus.

Tu te lèves, des démangeaisons dans les muscles. En avant ! Sauvons notre belle cité !

Tu avances entre les rangs qui se rompent. De nouveau l'ascenseur, épaule contre épaule avec tes camarades, toutes les fibres de ton jeune corps en alerte.

La salle de l'arsenal. Un intérieur capitonné qui étouffe le moindre bruit. Tu avances dans la file d'attente, le visage toujours sévère, pour te faire remettre ton arme. Un comptoir ; on se croirait dans un bureau de change. Tu montres ta carte d'identité au magasinier, qui te remet un pistolet à rayons étincelant et une mallette à bandoulière pleine de recharges.

Puis tu franchis une autre porte et descends les degrés caoutchoutés qui mènent à la Prévention. Tes globules sanguins se livrent à un véritable carrousel dans tes veines.

Tu es le quatrième dans ta file et elle est la quatrième dans la sienne ; c'est ainsi qu'elle t'est affectée.

Tu détailles sa silhouette, remarques que son uniforme, quoique semblable au tien, ne tombe pas de la même façon sur elle. Te voilà un instant distrait de tes spéculations guerrières. Ouaouh ! Ta libido applaudit de ses mains calleuses.

« Capitaine Rackley, te dit-on, voici la lieutenante Forbes. Elle constitue votre unique protection contre la mort si vous veniez à être piqué par un Rouillard. Veillez à ce qu'elle reste près de vous en toute circonstance. »

C'est là une recommandation que tu n'auras aucune peine à suivre, et tu salues l'homme. Tu échanges alors un battement de paupières avec la jeune personne, entonnes un commandement bourru relatif au départ, et vous voilà en route vers l'ascenseur.

Dans le silence de la cabine qui plonge vers les étages inférieurs, tu la regardes du coin de l'œil. Des chants depuis longtemps oubliés se réveillent dans ton cerveau revitalisé. Tu es sous le charme des boucles noires qui lui tombent sur le front et se rassemblent sur ses épaules comme autant de doigts incurvés. Ses yeux, notes-tu, sont d'un brun tendre, comme sortis d'un rêve. Et pourquoi ne serait-ce pas le cas ?

Ton plaisir reste cependant incomplet. Un je ne sais quoi ne cesse de te faire redescendre de tes cogitations éthérées. Se pourrait-il que ce soit le devoir ? te demandes-tu. Et, te rappelant ce que tu dois faire, la peur te reprend soudain. Les nuages roses s'éloignent en formation militaire.

La lieutenante Forbes garde le silence jusqu'à ce que le spatiocar qui vous a été affecté ait dépassé les faubourgs de la cité. Alors, en réponse à tes avances banales à base de pluie et de beau temps, elle t'adresse un joli sourire qui met en valeur d'adorables fossettes.

« Je n'ai que seize ans, annonce-t-elle.

— C'est donc la première fois pour vous ?

— Oui, répond-elle, les yeux fixés sur l'horizon. Et j'ai très peur. »

Tu hoches la tête, lui tapotes le genou d'une façon que tu veux paternelle, mais qui lui fait aussitôt monter aux joues l'écarlate de la pudeur.

« Vous n'avez qu'à rester près de moi, dis-tu en t'efforçant de donner un double sens à tes paroles. Je prendrai soin de vous. »

Primaire, mais cela devrait suffire pour une fille de seize ans. Elle rougit de plus belle.

Les tours de la ville passent en un éclair en contrebas. Au loin, tel un minuscule bouton en bordure d'une toile d'araignée, tu aperçois l'objet de ta mission. Tu pousses lentement le manche ; le minuscule vaisseau pique et entame une longue glissade vers le sol. Tu gardes les yeux fixés sur le tableau de bord, t'étonnant de cette étrange impression d'excitation qui tourbillonne en toi, sans savoir si c'est en prévision de tel affrontement ou de tel autre.

C'est la guerre. La cité d'abord. Holà !

Le spatiocar se stabilise au-dessus du complexe dès que tu as activé les rétrofusées. Lentement, il se pose sur le toit comme un papillon sur une fleur.

Tu coupes le contact, le cœur battant, ne songeant plus

qu'au danger immédiat. Tu empoignes ton pistolet, sautes hors de l'appareil et cours jusqu'au bord du toit.

Tes machines sont situées au-delà du périmètre de la ville. Des champs s'étendent alentour. Tes yeux perçants parcourent le terrain.

Aucune trace de l'ennemi.

Tu t'empresses de regagner le spatiocar. Elle est toujours installée à l'intérieur et t'observe. Tu tournes un bouton et le système de communication débite d'un ton monocorde ses informations sans fin. Tu t'impatientes jusqu'à ce que la voix anonyme prononce le numéro de ton complexe et t'annonce que les Rouillards n'en sont plus éloignés que de quinze cents mètres.

Tu entends la jeune fille inhaler et surprends le regard effrayé qu'elle lève vers toi. Tu coupes la radio.

« Venez, on va se rendre à l'intérieur », dis-tu en tenant le pistolet d'une main qui tremble délicieusement. C'est amusant d'avoir peur. On a la subtile impression de vivre dangereusement. N'est-ce pas pour ça que tu es là ?

Tu l'aides à descendre. Sa main est froide. Tu la lui serres un peu et lui adresses un petit sourire confiant. Puis, après avoir verrouillé la porte du spatiocar pour empêcher l'ennemi d'y pénétrer, tu descends les escaliers. Quand tu entres dans la salle principale, ta tête s'emplit aussitôt du bourdonnement régulier des machines.

Là, à ce point de l'aventure, tu poses ton arme et tes munitions pour expliquer de quelles machines il s'agit. Il y a lieu de noter que, ce faisant, ce ne sont pas tant les machines qui t'intéressent que la proximité de la jeune fille. Tant de charme, tant de jeunesse qui demandent à être réconfortés !

Bientôt, tu lui tiens à nouveau la main. Puis tu passes un bras autour de sa taille flexible et elle est tout près de toi. Des pensées qui n'ont rien à voir avec la défense militaire s'élaborent dans un coin de ta tête.

Vient le moment où elle relève ses paupières lourdes pour te regarder droit dans les yeux, selon la formule consacrée des anciens livres. Tu trouves ses prunelles violâtres fort troublantes. Tu la serres plus fort. Le parfum de rose de son haleine te met des nœuds un peu partout dans les membres. Et pourtant il y a encore quelque chose qui te retient.

Swish ! Slap !

Elle se raidit et pousse un cri.

Les Rouillards grimpent aux murs !

Tu te rues vers la table où repose ton pistolet. Sur la banquette, juste à côté, se trouvent tes munitions. Tu remets ta mallette en bandoulière. Elle accourt vers toi et, l'air dur, tu lui tends la trousse médicale. Tu te sens pareil au général plein d'assurance quand il arbore son expression austère.

« Gardez les seringues à portée de main, dis-tu, au cas où je... »

La phrase reste inachevée. Un autre Rouillard baveux vient de se plaquer contre le mur extérieur. On entend le bruit de succion de ses énormes ventouses. Ils sont à la recherche des machines qui occupent le sous-sol.

Tu vérifies ton arme. Elle est prête.

« Restez ici, murmures-tu, il faut que je descende. »

Tu n'entends pas ce qu'elle répond. Tu fonces dans les escaliers et fais irruption dans le sous-sol à l'instant précis où la première horreur se coule par-dessus le rebord d'une fenêtre et se répand sur le sol métallique comme un flot de lave qui défierait la gravité.

La rangée d'yeux jaunes clignotants se tourne vers toi ; ta chair se hérisse. L'énorme monstruosité d'un brun doré se précipite vers les machines en une flaque gargouillante. Tu es presque paralysé de terreur.

Puis l'instinct reprend le dessus. Tu lèves promptement ton arme. Un rayon crépitant bleu électrique jaillit du canon, touche le corps écailleux et l'enveloppe. L'air s'emplit de cris stridents et d'une odeur de friture. Quand le rayon se dissipe, le cadavre du Rouillard gît, noir et fumant, sur le sol, couvrant de sanie les points de soudure.

Tu perçois un bruit de succion derrière toi. Pivotes. Transformes un deuxième Rouillard en une masse sans nom. Encore un qui glisse par-dessus le rebord de la fenêtre et se dirige vers toi. Encore un trait de feu qui jaillit du pistolet, et c'est une autre masse carbonisée qui s'agite sur le métal avant de s'immobiliser.

Tu avales la grosse boule d'excitation qui t'obstrue la gorge, tournes la tête ici et là, bondis d'un endroit à un autre. En une seconde, en voici deux autres qui s'avancent vers toi. Deux rayons fusent ; l'un manque son but. Le second monstre est presque sur toi avant que tu ne le transformes en fragments incandescents alors même qu'il se redressait pour te planter ses dards noirs dans la poitrine.

Tu t'empresses de te retourner, laisses fuser un cri d'horreur.

Un Rouillard dégouline dans les escaliers, un autre gargouille dans ta direction, ses longs aiguillons pointés sur ton cœur. Tu appuies sur la détente. Un hurlement s'étrangle dans ta gorge.

Te voici à court de munitions.

Tu fais un saut de côté et le Rouillard s'affale par terre. Tu ouvres la mallette d'un geste rageur et la fouilles en quête de recharges. L'une d'elles tombe et se brise sur le sol métallique, inutilisable. Tes mains sont de glace et tremblent affreusement. Ton pouls s'accélère, tes cheveux se dressent sur ta tête. Tu as peur tout en ayant l'impression de t'amuser.

Le Rouillard revient à l'assaut tandis que tu recharges ton pistolet. Tu l'esquives de nouveau – mais pas assez ! L'extrémité d'un dard déchire ta tunique, expose ton bras. Tu sens le poison brûlant pénétrer dans ton organisme.

Tu presses la détente et le monstre disparaît dans un nuage de fumée grasse. Les machines du sous-sol sont en sécurité – les Rouillards les ont contournées.

Tu te précipites vers l'escalier. Tu dois sauver les machines, la sauver, te sauver !

Tes bottes font résonner les degrés métalliques. Tu t'élances dans la grande salle des machines et la parcourt des yeux.

Ta bouche s'ouvre sur un cri étranglé. La jeune fille est effondrée sur une banquette, affalée, inerte. Une traînée de bave de Rouillard marque le devant renflé de sa tunique.

Tu te retournes juste à temps pour voir le Rouillard disparaître dans la machinerie, propulsant son corps écailleux entre les engrenages. Son corps et ses mâchoires écumeuses dégoulinent de bave. La machine s'arrête, repart, les engrenages endommagés se grippent.

La cité ! Tu te rues vers la machine et expédies dedans une décharge d'énergie. Le rayon bleu électrique lèche les pièces, manque le Rouillard. Tu tires une deuxième fois. Le Rouillard se déplace trop vite, se cache derrière les rouages. Tu fais le tour de la machine sans cesser de tirer.

Coup d'œil à la jeune fille. Combien de temps met le poison pour agir ? On ne te l'a jamais dit. En tout cas, la brûlure se répand déjà dans ta chair. Il te semble que ton corps, carbonisé, est sur le point de partir en morceaux.

Il faut que tu te fasses une piqûre, à toi comme à elle.

Le Rouillard continue de t'échapper. Il faut t'arrêter, le

temps de recharger ton arme. Tout commence à chavirer autour de toi ; te voilà pris de vertige. Tu presses la détente, encore et encore. Les rayons fusent dans la machine.

Tu vacilles en laissant échapper un sanglot et défais ton col. Tu peux à peine respirer. L'odeur de graisse brûlée et celle des rayons te monte à la tête. Tu titubes autour de la machine, tires une nouvelle fois sur l'insaisissable Rouillard.

Enfin, alors que tu es sur le point de perdre connaissance, la cible se présente bien. Tu appuies sur la détente, le Rouillard est enveloppé de flammes, se transforme en une gelée incandescente qui tombe en morceaux sous la machine avant d'être absorbée par le système d'évacuation.

Tu lâches ton pistolet pour te traîner vers la jeune fille.

Les seringues sont sur la table.

Tu déchires le haut de sa tunique, plantes l'aiguille dans la douce chair blanche de son épaule et, parcouru de frissons, lui injectes l'antidote. Tu t'en enfonces une autre dans l'épaule et sens la fraîcheur soudaine se répandre dans ta chair et ton sang.

Tu t'effondres à côté d'elle, haletant, et fermes les paupières. Toute cette violence t'a épuisé. Tu as l'impression qu'il te faudra un mois de repos pour t'en remettre. Et c'est effectivement ce qui se passera.

Elle gémit. Tu ouvres les yeux et la regardes. Ta respiration s'accélère de nouveau, mais cette fois tu sais d'où vient cette excitation. Tu continues de la regarder. Une douce chaleur envahit tes membres, étreint ton cœur. Elle a les yeux fixés sur toi.

« Je... », commences-tu.

Puis c'en est fini de toutes tes inhibitions, de tous tes doutes. La ville, les Rouillards, les machines... le danger est passé, oublié. Elle te caresse la joue du bout des doigts.

« Et quand vous ouvrez les yeux, acheva le médecin, vous êtes de retour dans cette chambre. »

Rackley se mit à rire, sa tête tressautant sur l'oreiller, ses mains frémissant de joie. « Mon cher docteur, fit-il sans cesser de rire, faut-il que vous soyez malin pour savoir tout ça ! Comment faites-vous, chenapan que vous êtes ? »

Le médecin baissa les yeux sur le grand et beau jeune homme étendu sur le lit, toujours secoué par son fou rire.

« Vous oubliez que c'est moi qui vous fais les piqûres. Il est tout à fait naturel que je sache ce qui se passe ensuite.

— Tout à fait ! Tout à fait ! s'écria Justin Rackley. Oh ! c'était vraiment fantastique. Moi, vous imaginez ? » Il promena des doigts vigoureux sur son biceps gonflé. « *Moi*, un héros »

Il frappa dans ses mains et continua de rire intérieurement, ses dents blanches se détachant sur le hâle resplendissant de son visage. Le drap glissa, révélant ses larges pectoraux, les muscles durs de son ventre.

« Oh ! pauvre de moi, soupira-t-il. Pauvre de moi, que serait cette morne existence sans vos piqûres providentielles pour nous délivrer de notre éternel ennui ? »

Le médecin le regarda froidement tandis que ses robustes doigts se serraient en un poing livide. Un couteau venait de s'enfoncer cruellement dans son cerveau. C'est la fin de notre espèce, songea-t-il, le triste sommet de l'évolution. C'est l'ultime dépravation.

Rackley bâilla et s'étira. « Il faut que je me repose. » Il leva les yeux vers le médecin. « C'était un rêve tellement fatigant. »

Il se remit à glousser, et sa grande tête blonde roula sur l'oreiller. Ses mains frappaient le drap – à croire qu'il allait mourir d'hilarité.

« Dites-moi donc, hoqueta-t-il, ce que contiennent ces merveilleuses injections. Je vous l'ai souvent demandé. »

Le médecin souleva sa sacoche de plastique. « Une simple combinaison de produits chimiques destinés à exacerber les glandes surrénales d'une part, et de l'autre, à inhiber le système nerveux central. Bref, un mélange d'excitants et de calmants.

— Oh ! vous dites toujours la même chose. Mais c'est merveilleux, absolument merveilleux. Vous revenez dans un mois pour mon prochain rêve ? »

Le médecin lâcha un soupir plein de lassitude. « Oui, dit-il sans chercher à cacher son dégoût. Je reviendrai le mois prochain.

— Dieu merci. J'en ai soupé pour au moins six mois de cet affreux rêve avec les Rouillards. Pouah ! Quelle horreur ! Je préfère les rêves qui tournent autour de l'extraction et du transport des minerais de Mars ou de la Lune, ou les aventures dans les usines alimentaires. C'est bien plus agréable. Mais... » Ses lèvres frémirent. « Tachez d'y mettre plus de jolies filles. » Son corps puissant plein de lassitude se tortilla de plaisir. « *S'il vous plaît* », murmura-t-il en fermant les yeux.

Il soupira et se retourna lentement sur le flanc.

Le médecin marchait dans les rues désertes, le visage tendu, en proie à ses vieilles rancœurs. Pourquoi ? Pourquoi ? Le mot ne cessait de revenir dans son esprit.

Pourquoi continuer de maintenir la vie dans les cités ? À quelles fins ? Pourquoi, au point où elle en est, ne pas laisser la civilisation mourir comme elle en a envie ? Pourquoi s'échiner à garder en vie des hommes pareils ?

Des centaines, des milliers de Justin Rackley... de magnifiques animaux, bien entretenus, élevés, nourris, massés mécaniquement. Empêchés mécaniquement, aussi, de devenir au physique les grasses limaces blanches qu'ils étaient déjà au mental et dont ils auraient l'apparence si on ne s'occupait plus d'eux.

Pourquoi ne pas les laisser mourir ? Pourquoi leur rendre visite tous les mois, leur bourrer les veines de drogues hypnotiques et s'installer à leur chevet pour les voir un à un se jeter dans leurs mondes oniriques, seul remède à leur ennui ? Devait-il sans cesse communiquer ses suggestions à leurs lobes cérébraux ramollis, les faire partir sur des planètes et des lunes, peupler leurs rêves pseudo-héroïques de toutes les formes que pouvaient prendre l'amour et la grande aventure ?

Le dos rond, le médecin entra dans un autre dormitorium. Encore des êtres pleins de beauté et de vigueur, passifs, sur des lits. Encore des rêves à injecter.

Il fit les piqûres, regarda les silhouettes se lever et se diriger d'un pas mal assuré vers les armoires. Des tenues d'explorateurs cette fois : casques coloniaux, chemises à manches courtes, shorts élégants, chaussures montantes pour éviter les morsures de serpent. Debout devant la fenêtre, il les vit grimper dans leurs voitures et démarrer. Il s'assit pour attendre leur retour, sachant parfaitement ce qu'ils allaient faire, puisqu'il était l'auteur du scénario qu'ils suivaient.

Ils partaient pour les réservoirs hydroponiques afin de repousser une invasion des Dévoreurs d'énergie. Plus imposants que les Rouillards et constitués d'énergie pure, ils menaçaient d'absorber la nourriture des plantes dans les bacs de croissance, la substance vivante, informe, qui se développait, immortelle, dans les solutions nutritives. Bien sûr, les Dévoreurs d'énergie seraient mis en échec. Ils l'étaient toujours.

Naturellement. Ce n'étaient que des rêves. Des créatures illusoires, suscitées dans des esprits qui ne demandaient qu'à rêver grâce à la magie de la chimie et aux monotones incantations de la science.

Mais que diraient tous ces Justin Rackley, tous ces irrémédiables et magnifiques décombres de chair engourdie, s'ils découvraient la supercherie ?

Découvraient que les Rouillards n'étaient que des vues de l'esprit destinées à objectiver la rouille et l'usure en les muant en monstres de fantaisie Des monstres qui seuls avaient le pouvoir de réveiller un peu le vague instinct de conservation qui subsistait encore dans cette espèce condamnée. Les Dévoreurs d'énergie : des insectes, des spores et des solutions nutritives épuisées. Les Foreurs : des bestiaux vaporeux qu'il fallait chasser à coups de rayons des gisements minéraux de la Lune et de Mars. Et d'autres, d'autres encore, qui représentaient autant de menaces envers ce qui nourrit, renouvelle, fait fonctionner une cité.

Que diraient tous ces Justin Rackley s'ils s'apercevaient que chacun d'eux, dans ses « rêves », avait effectué de simples travaux manuels ? Que leurs pistolets à rayons étaient des vaporisateurs, des pistolets graisseurs ou des marteaux pneumatiques, et leurs rayons de la mort rien de plus que des jets de lubrifiant pour des machines guettées par la rouille, des insecticides ou des engrais liquides ?

Que diraient-ils s'ils apprenaient qu'on les forçait sournoisement à s'accoupler par l'entremise d'aphrodisiaques déguisés en piqûres antipoison ? Qu'en raison de leur absence d'intérêt pour le sexe et la procréation, on les droguait pour que se perpétue leur espèce mollassonne, une espèce qui n'avait d'autre fonction que d'entretenir les machines dispensatrices de vie ?

Dans un mois, il retournerait voir Justin Rackley, le *capitaine* Justin Rackley. Un mois de repos, tant ces gens étaient dépourvus d'énergie. Il leur fallait un mois pour seulement retrouver la force de supporter une injection d'hallucinogènes, huiler une machine ou nettoyer un bac, et engendrer du même coup une infime parcelle de vie.

Tout pour les machines, la cité. Pour l'homme...

Le médecin cracha sur le sol immaculé de la salle aux lits pneumatiques.

C'étaient les gens les machines, plus que les machines elles-mêmes. Une engeance d'esclaves, un odieux résidu, inspirant aussi peu d'espoir qu'il en nourrissait.

Oh ! quelles lamentations, quels hauts cris ils pousseraient, songea-t-il avec une délectation morose, s'il leur était permis d'emprunter le vaste tunnel souterrain conduisant à la salle gigantesque où se dressait la Grande Machine, la source prétendue de toute énergie, s'ils avaient la possibilité de voir pourquoi il était nécessaire de les faire travailler à leur insu. La Grande Machine avait été conçue pour éliminer tout travail humain, veiller sur la moindre machine, les usines alimentaires, les mines.

Mais quelque sage du Conseil Directeur, des siècles auparavant, avait eu l'intelligence de mettre en pièces le cerveau mécanique de la Grande Machine. Et maintenant les Justin Rackley seraient obligés de voir, de leurs propres yeux incrédules, la rouille, la pourriture, la gigantesque mort convulsée de la machine... Mais non, ils ne verraient rien de cela.

Ils avaient pour fonction de rêver d'entreprises aventureuses, de travailler tout en rêvant.

Pour combien de temps encore ?

L'HABIT FAIT L'HOMME

Je suis sorti sur la terrasse pour échapper au caquetage des buveurs de cocktails.

Je me suis assis dans un coin sombre, j'ai étiré mes jambes et poussé un énorme soupir d'ennui.

La porte donnant sur la terrasse s'est rouverte et un homme s'est extirpé du joyeux chahut. Il a titubé jusqu'à la balustrade pour promener son regard. sur la ville.

« Ô mon Dieu ! » a-t-il dit en passant une main tremblante dans ses cheveux clairsemés. Il a secoué la tête d'un air las et s'est absorbé dans la contemplation de la lumière qui brillait au sommet de l'Empire State Building.

Puis il s'est retourné en accompagnant son mouvement d'un grognement et s'est dirigé vers moi d'un pas mal assuré. Il a buté sur mes souliers et failli s'étaler de tout son long.

« Holà... a-t-il marmonné en s'écroulant dans un autre fauteuil. Vous voudrez bien m'excuser, monsieur.

— Ce n'est rien.

— Puis-je implorer votre indulgence, monsieur ? » a-t-il insisté.

J'ouvrais la bouche pour lui répondre lorsqu'il m'a devancé pour s'y employer aussitôt.

« Écoutez, a-t-il repris en agitant un doigt grassouillet. Écoutez, je vais vous raconter une histoire absolument invraisemblable. »

Il s'est penché en avant dans le noir, s'efforçant de me fixer autant que le lui permettaient ses yeux embrumés par l'alcool. Puis il s'est laissé aller contre le dossier de son fauteuil en laissant échapper un sifflement de machine à vapeur. Suivi d'un renvoi.

« Écoutez, a-t-il poursuivi. Ne vous y trompez pas. Il se passe d'étranges choses sur la terre comme au ciel et ainsi de suite. Vous croyez que je suis saoul et vous avez parfaitement raison. Mais pourquoi ? Vous ne le devineriez jamais.

» Mon frère, a-t-il lâché sur le ton du désespoir, n'est plus un homme.

— Ça, c'est la fin de l'histoire, ai-je commenté.

— Tout a commencé il y a deux ou trois mois. Mon frère est chef de service à l'agence de publicité Jenkins. C'est un crack... Enfin, a-t-il rectifié dans un sanglot, c'était... »

Il a pris un air songeur. « Un crack. »

Il a tiré un mouchoir de sa pochette et sonné un horripilant coup de trompette.

« Tout le monde venait le trouver, s'est-il remémoré. Tout le monde. Il était là, assis dans son bureau, son chapeau sur la tête, ses pieds chaussés de souliers bien astiqués posés sur sa table de travail. "Charlie ! hurlaient les autres, donne-nous une idée !" Alors il faisait faire un tour à son chapeau (qu'il appelait sa calotte de méditation) et répondait : "Faites *comme* ça, les enfants !" Et il vous sortait les idées les plus géniales que vous ayez jamais entendues. Quel type ! »

Là, il a roulé de gros yeux en direction de la lune et s'est mouché une fois de plus.

« Et alors ?

— Quel type, a-t-il répété. Le meilleur dans sa partie. Du moment qu'il avait son chapeau... C'était une blague, bien entendu. Du moins le pensait-on. »

J'ai soupiré.

« C'était un drôle de type, a poursuivi l'autre. Oui, un drôle de type.

— Ah.

— Une vraie gravure de mode, voilà ce qu'il était. Il lui fallait des costumes impeccables. Des chapeaux itou. Souliers, chaussettes, tout devait être fait sur mesure.

» Tenez, je me souviens d'un jour où Charlie, sa femme Miranda, ma bourgeoise et moi, on est allés faire un tour à la campagne. Une chaleur d'enfer. J'avais retiré mon veston.

» Mais en aurait-il fait autant ? Jamais de la vie. Sans son veston, un homme n'est plus un homme, m'a-t-il sorti.

» On a trouvé un chouette petit coin avec un ruisseau et de l'herbe où s'asseoir. Il faisait vraiment une chaleur à crever. Miranda et ma femme ont enlevé leurs chaussures et sont allées patauger dans l'eau. Et moi de les rejoindre. Mais lui ? Ah !

— Ah ?

— Pas lui. J'étais là, pieds nus, le bas de mon pantalon et

les manches de ma chemise relevés, à patauger comme un gosse. Et là-haut, en train de nous regarder d'un air amusé, il y avait Charlie, toujours sur son trente et un. On l'a appelé. "Allez, Charlie ! Au diable tes souliers !"

» Mais non. Sans ses souliers, un homme n'est plus un homme, a-t-il déclaré. Il ne pouvait pas faire un pas sans eux. Ça a mis Miranda en rogne. "La moitié du temps, elle nous dit alors, je me demande si je suis mariée avec un homme ou une garde-robe."

» C'est comme ça qu'il était. » Soupir. « Comme ça.

— Fin de l'histoire.

— Non. » Sa voix a légèrement tremblé. D'horreur, je suppose. « Le plus terrible reste à venir. Vous vous rappelez ce que je vous ai dit au sujet de ses vêtements. Il ne plaisantait pas avec ça. Même ses sous-vêtements devaient tomber impeccablement.

— Mmm...

— Un jour, a repris l'intarissable, sa voix se réduisant à un murmure intimidé, quelqu'un, au bureau, lui a pris son chapeau pour lui faire une farce.

» On aurait dit que Charlie faisait semblant de ne plus pouvoir réfléchir. À peine s'il arrivait à articuler un mot. Il ne faisait que bafouiller. Que répéter : "Chapeau, chapeau", et de regarder fixement par la fenêtre. Je l'ai ramené chez lui.

» Miranda et moi l'avons mis au lit, et pendant qu'on discutait dans le salon, on a entendu un grand bruit sourd. On s'est précipités dans la chambre.

» Charlie était effondré par terre. On l'a aidé à se relever. Ses jambes se dérobaient sous lui. "Qu'est-ce qui se passe ?" on lui demande. "Souliers, souliers", il nous répond. On l'a fait asseoir sur le lit. Il a ramassé ses souliers, mais ils lui sont tombés des mains.

» "Gants, gants", dit-il. On le regarde avec de grands yeux. "Gants !" il se met à glapir. Miranda était terrorisée. Elle lui a trouvé une paire de gants qu'elle lui a expédiée sur les genoux. Il les a enfilés lentement et avec peine. Puis il s'est penché et a mis ses souliers.

» Il s'est levé et a fait le tour de la pièce, comme pour essayer ses pieds.

» "Chapeau", a-t-il dit, et il s'est approché de la penderie pour y prendre un chapeau qu'il s'est collé sur la tête. Et puis – le croiriez-vous ? – il a dit : "En voilà une drôle d'idée de me ramener à la maison ! J'ai du travail qui m'attend et il faut que je vire le salopard qui m'a volé mon chapeau." Et le voilà reparti au bureau.

» Ça vous paraît croyable ?

— Pourquoi pas ? ai-je répondu d'une voix lasse.

— Eh bien, je pense que vous pouvez imaginer le reste. Ce jour-là, avant que je reparte, Miranda me dit : "C'est pour ça que ce minable est si mollasson au lit ? Faut-il que je lui mette tous les soirs un chapeau sur la tête ?" Je me suis senti gêné. »

Il a marqué un temps et soupiré.

« Les choses se sont gâtées par la suite, a-t-il poursuivi. Sans chapeau, Charlie était incapable de penser. Sans souliers, il ne pouvait pas marcher. Sans gants, il n'arrivait pas à faire bouger ses doigts. Même en été, il portait des gants. Les médecins ont laissé tomber. Un psychiatre a dû prendre des vacances après avoir reçu Charlie.

— Finissez-en, l'ai-je pressé. Il va falloir que je m'en aille.

— Il n'y a plus grand-chose à ajouter. Tout est allé de mal en pis. Charlie a dû engager quelqu'un pour l'habiller. Miranda l'a pris en dégoût et s'est installée dans la chambre d'ami. Mon frère perdait tout.

» Et puis un beau matin... » Un frisson l'a parcouru. « Je suis allé voir comment il allait. La porte de son appartement était grande ouverte. Je me suis dépêché d'entrer. À l'intérieur régnait un silence de tombeau.

» J'ai appelé le valet de Charlie. Pas un bruit. Je me suis précipité dans la chambre.

» Charlie était là, allongé sur son lit, immobile comme un cadavre, en train de marmonner tout seul. Sans un mot, j'ai saisi un chapeau et le lui ai enfoncé sur la tête. "Où est ton valet ? je lui ai demandé. Où est Miranda ?"

» Il m'a regardé, les lèvres tremblantes. "Qu'est-ce qui se passe, Charlie ? je lui ai demandé.

» — Mon costume, il a fait.

» — Quel costume ? Qu'est-ce que tu racontes ?

» — Mon costume, il a pleurniché. *Il est parti travailler ce matin.*"

» J'ai pensé qu'il avait perdu l'esprit.

» "Mon costume gris à rayures, il a repris d'une voix hystérique. Celui que je portais hier. Mon valet a poussé un grand cri et je me suis réveillé. Il regardait la penderie. J'ai regardé à mon tour. Mon Dieu !

» "Là, devant la glace, mes sous-vêtements se mettaient en place. Une de mes chemises blanches s'est envolée pour aller se poser sur mon maillot de corps, le pantalon s'est mis tout droit, le veston est venu recouvrir la chemise, une cravate s'est nouée toute seule. Des chaussettes et des souliers se sont glissés dans les jambes du pantalon. La manche du veston s'est levée, a pris un chapeau sur la planche de la penderie et l'a enfoncé dans l'air là où aurait dû se trouver la tête s'il y en avait eu une. Puis le chapeau s'est soulevé de lui-même.

» "Fais *comme ça*, Charlie, a lancé une voix qui a éclaté ensuite d'un rire démoniaque. Là-dessus le costume est parti. Mon valet de chambre s'est enfui. Miranda est sortie."

» Quand Charlie en a eu terminé, je lui ai retiré son chapeau pour qu'il puisse perdre conscience. Puis j'ai fait venir une ambulance. »

L'homme a changé de position dans son fauteuil.

« Tout ça se passait la semaine dernière, a-t-il repris. J'en ai encore la tremblote.

— C'est tout ?

— À peu près. Il paraît que Charlie s'affaiblit de plus en plus. Il est toujours à l'hôpital. Assis là, sur son lit, son chapeau gris avachi sur ses oreilles, à marmonner tout seul. Il n'arrive plus à parler, même avec son chapeau sur la tête. »

Il a épongé son visage ruisselant de sueur.

« Mais ce n'est pas le pire, a-t-il repris dans un sanglot. Il paraît que Miranda... » Il a dégluti. « ... Qu'elle sort avec le costume. Elle raconte à tous ses amis que ce maudit machin a plus de sex-appeal que Charlie n'en a jamais eu.

— Non.

— Si. Elle est là en ce moment. Elle vient d'arriver. »

Il s'est replongé dans sa méditation silencieuse.

Je me suis levé et étiré. Nous avons échangé un regard et l'autre est tombé en syncope.

Je ne lui ai pas prêté davantage attention. Je suis rentré chercher Miranda et nous sommes partis ensemble.

LA CHOSE

« Ça ne me plaît pas, déclara catégoriquement Mrs. Lee en reposant bruyamment sa tasse sur sa soucoupe. Ça ne me plaît pas d'emmener Billy voir ça.

— Je tiens à ce qu'il le voie, répondit son mari. Il est assez grand. »

Ils étaient quatre assis à la table dans la pièce donnant sur la rue. L'éclairage indirect faisait étinceler les verres ébréchés, ressortir l'usure de la nappe et des serviettes ainsi que l'éclat terne de la vieille argenterie. Le plat ovale au centre de la nappe était presque vide à l'exception de quelques menus restes de rôti de bœuf et d'un peu de jus.

Mr. Tomson prit son dernier bout de pain et épongea les dernières traces de jus. Avec un soupir langoureux, il poussa la mouillette dans sa bouche et, les yeux fermés, l'avala. « Bon sang, grogna-t-il. On finirait presque par oublier. Le sens du goût s'affaiblit. Les papilles s'atrophient. » Il ouvrit les yeux et lança un regard autour de la table. « C'était magnifique, dit-il d'une voix enjouée. Un de ces plaisirs du bon vieux temps. »

Mr. Lee termina son café et reposa sa tasse en un geste de défi dépourvu de tout sérieux. « Et voilà, dit-il. À partir de maintenant, c'est pilules, festins intraveineux et jus vitaminés concentrés, le cauchemar des gourmets. La science nous a montré la lumière. »

Mrs. Lee plia nerveusement sa serviette effrangée. « J'aimerais que tu ne parles pas comme ça. Tu sais que ce n'est pas bien.

— Il plaisante, c'est tout, intervint Mrs. Tomson. C'est pareil avec Harry. » Elle lança un regard faussement hautain à son mari. « Les hommes adorent proférer des blasphèmes en présence de leurs compagnes éperdues d'adoration. »

Petit rire sous cape de Harry Tomson. « Les femmes sont les scientifiques idéales. L'univers féminin est aussi étroit que celui du Bureau Politique. »

Kathryn Lee se leva brusquement, comme si elle ne tenait plus en place. « Bon, lâcha-t-elle à la hâte. Débarrassons avant que quelqu'un n'arrive et ne voie tout ça.

— Oui, approuva Myra Tomson. Il ne manquerait plus qu'on nous envoie au Camp Politique juste pour avoir mangé du bœuf à l'ancienne.

— Chère moitié... », dit Harry sans s'adresser à personne en particulier. Puis il se mit debout et leva son verre, faisant frémir les quelques gouttes d'un gros vin rouge qui en tapissaient le fond. « Mes amis, fit-il en portant un toast, le moment est solennel. Vos congélateurs secrets – et les nôtres – sont à présent complètement vides. Nous venons d'engloutir les derniers vestiges de vraie nourriture. Nous voilà de nouveau confrontés à la sombre et sinistre perspective d'être à jamais privés d'une alimentation digne de ce nom. La science nous dit : "Pilules." Et nous, tels des moutons, nous absorbons des pilules. Plus de maladies, déclarent les guerriers de l'éprouvette, plus de bacilles, plus de créatures microscopiques aux yeux pédonculés. Par conséquent, à bas la miche de pain ! »

Il brandit son verre. « Je bois, reprit-il, aux privilèges de l'indigestion, au droit disparu – mais non moins glorieux – d'attraper, par ses propres moyens et pour son propre compte, un mal de ventre carabiné. »

Ralph Lee ricana. « Je bois à tout cela, dit-il. Mesdames, levez vos verres. »

Myra gloussa à l'unisson et sourit à Mrs. Lee. Kathryn se passa inconsciemment la langue sur les lèvres.

« Fais-leur plaisir, chérie, dit Myra. Après tout, c'est la dernière fois. »

Résignée, Kathryn leva son verre et en vida le fond. Pardessus le mince liséré doré du bord, son regard rencontra celui de son mari. Il sourit, un tressaillement facétieux au coin de l'œil. Elle reposa son verre. « Je ne vois toujours pas, ditelle, pourquoi nous devons aller voir cette chose ce soir. Ni pourquoi tu insistes pour emmener Billy avec nous. » Elle secoua la tête et commença à ramasser les assiettes.

« Tu sais comment sont nos grands garçons, dit Myra, possessive. Ils détestent grandir.

— Dis donc, fit son mari, pourquoi on ne s'arrêterait pas à la maison pour prendre Lilly ? J'aimerais bien qu'elle voie ça elle aussi.

— Jamais de la vie, s'écria Myra en se levant de table. Je ne veux pas la tirer du lit.

— Je ne vois vraiment pas pourquoi Billy devrait sortir, murmura Kathryn, juste pour voir une stupide...

— Katie ! »

Elle lança à son mari un regard à la fois surpris et agressif. « Inutile de crier », dit-elle, gênée par cet éclat de voix devant les Tomson.

« Il n'y a pas beaucoup de choses qui me mettent en colère, dit Ralph en jetant sa serviette sur la table. Tu le sais. » Puis s'adressant à tout le monde : « Mais nous n'avons pas le droit de dire que la chose est stupide. De ce point de vue, c'est même la seule exception qui nous reste dans notre pitoyable société.

— Amen », fit Harry.

Myra haussa les épaules. « Vous revoilà en train de parler comme deux étudiants, dit-elle. Brisez le système ou le système nous brisera ! Brisez le...

— Débarrassons la table, l'interrompit son mari. Finissons-en avec les preuves de notre félonie envers l'État.

— On va s'en occuper, dit Kathryn. Vous, les hommes, vous pouvez aller bavarder dans la bibliothèque.

— Comme vous mouriez d'envie de le faire tout le long du repas, ajouta Myra. Mais ne parlez pas trop fort.

— Allez, viens, fit Ralph en souriant. On ne veut pas de nous. Et puis, j'ai une surprise pour toi.

— Ah oui ? » Les yeux de Harry s'allumèrent. « Parfait. Il y a si peu de choses qui me surprennent encore en ce monde.

— Les voilà repartis », dit Myra en se dirigeant vers la salle des appareils, les mains chargées de plats et d'argenterie.

Kathryn toucha le bras de son mari. « Faut-il vraiment que nous emmenions Billy ? Tu sais que c'est un spectacle interdit par la Loi. »

Ralph lui tapota l'épaule d'un geste rassurant. « Ne t'inquiète pas. Tu sais que Harry et moi allons voir ça régulièrement. On ne s'est jamais fait arrêter, pas vrai ? »

Elle secoua lentement la tête. « N'empêche que ça ne me plaît pas.

— Dépêche-toi de ranger la vaisselle, chérie. On ne tient pas à faire veiller Billy trop longtemps. »

Elle poussa un soupir et gagna la salle des appareils. On entendit la voix étouffée de Myra à travers le panneau pivotant. « Je ne sais pas où nous allons laver ça, disait-elle. Il n'y a plus rien de prévu pour les plats à présent.

— Bon, passons à la bibliothèque », dit Ralph. Les deux hommes traversèrent le carrelage et empruntèrent un petit plan incliné muni d'une rampe.

« Qu'est-ce que vous allez faire de la vaisselle ? demanda Harry. La garder ?

— Qu'est-ce que vous en faites, Myra et toi ?

— Oh, Myra la met quelque part. Dans un de ces recoins dont les femmes ont le secret. Avec les souvenirs du bon vieux temps. Ce genre de truc.

— Je suppose qu'il en va de même pour Kate. »

Ils pénétrèrent dans la petite bibliothèque. Encastrés dans les murs, ne présentant pas la moindre trace de poussière, les rayonnages étaient remplis de plastilivres.

Les mains sur les hanches, Harry parcourut les titres du regard. « *Astronomie catégorique,* lut-il à voix haute. *Principes de physique absolue, L'univers tel qu'en lui-même, Le modèle contigu.* » Il laissa échapper un sifflement. « Bof, reprit-il. Au bout d'un moment, on en vient à se demander si tout cela est vrai, si ces livres contiennent réellement la totalité des faits.

— Je le penserais s'il n'y avait pas la chose.

— Oui. La chose. » Harry se délectait du mot. « La merveilleuse chose. La lumière dans un abîme de ténèbres. » Il chassa la légère irritation qui le gagnait. « Eh bien, s'enquit-il joyeusement, c'est quoi cette surprise ? »

Affichant un petit air de cruauté soigneusement contenue, Ralph retira un livre de l'étagère du haut. Il le tint levé de façon que Harry puisse en lire le titre : *Toutes barrières levées.* Ralph tourna le livre sur le côté et en souleva délicatement la couverture.

« Des cigares ! »

Harry exultait, bouche bée. « Seigneur ! Ils sont vrais ?

— Sens-moi ça, fit Ralph en se rengorgeant. Prends-en un gros. »

Harry se pencha et inhala profondément les riches arômes du tabac. Son nez se plissa, lui donnant un air de supplicié. « Oh, gémit-il. Je suis mort et me voilà en pleine béatitude. Où les as-tu trouvés ?

— Vestiges historiques. Prends-en un. »

Harry s'empressa de se servir et fit rouler le cigare entre ses doigts épais pour en apprécier la consistance. Il le fit passer sous son nez. Puis, avec un soupir de contentement, il le plaça entre ses dents et en sectionna le bout.

« Magnifique !

— Et maintenant prions pour que cette allumette primitive sache encore faire son travail. » Ralph la frotta sur son talon et en fit jaillir une belle flamme jaune. Des nuages musqués entourèrent la tête de Ralph de formes fantomatiques.

Il souffla un long jet de fumée en prenant tout son temps. « Me voilà retombé en enfance », dit-il avec délectation.

Face à l'écran de télévision mural, ils étaient assis dans les fauteuils informes qui s'adaptaient à la morphologie de leur occupant.

« Quelle merveilleuse soirée, dit Harry. Un rêve. Un désir fantastique devenu réalité. » Il aspira une des dernières bouffées de ce qui restait de son cigare.

« C'est quand même pathétique d'avoir à dire une chose pareille. » Ralph fit tomber ses cendres dans le livre-boîte. « Que le plus simple et le plus ordinaire des plaisirs puisse prendre de telles proportions, voilà qui en dit long sur l'époque où nous vivons.

— Certes, certes, approuva Harry d'un ton las, un œil songeur fixé sur le mégot de son cigare. Mais c'est de notre faute, après tout. Nous nous sommes surpassés. Nous nous sommes forgé un système tellement bétonné et radicalisé qu'il en est devenu une cage.

— Allez, prends-en un autre. » Ralph tendit la boîte à Harry. « Non, non, vas-y. Il n'en reste plus que deux. Pour quoi faire durer la torture ? Fumons-les une fois pour toutes et oublions qu'un vice aussi agréable ait jamais pu exister.

— Je me demande... » Harry alluma son deuxième cigare. « Je me demande si nous avons vraiment désiré cette philosophie. Il s'agit plutôt d'une acceptation du bout des lèvres. C'est un puits dans lequel nous tombons chaque jour un peu plus. Tu sais, il se pourrait bien qu'un de ces quatre, même la chose en vienne à être oubliée. Que même cette minuscule étincelle de conscience s'éteigne. Qu'est-ce que tu en penses ?

— Possible, fit Ralph d'un air sombre. Certainement et horriblement possible. Nous avons tant oublié. Comment se battre, comment atteindre des hauteurs vertigineuses et sombrer dans des abîmes incomparables. Nous n'aspirons plus à rien.

Nous avons perdu jusqu'aux plus petites ombres de désespoir. Nous ne sommes plus des fonceurs. Nous nous traînons de notre domicile à notre moyen de transport et à notre travail pour refaire la même chose en sens inverse. Nous vivons à l'intérieur des limites que nous a tracées la science. La règle graduée est courte sans que cela nous gêne. La gamme complète de l'existence n'est qu'un bref et vague passage du gris au gris foncé. L'arc-en-ciel a perdu ses couleurs. C'est à peine si nous savons encore douter. »

Harry Tomson s'agita dans son fauteuil et contempla les rangées de livres. « Ouais, tu as mis le doigt dessus. L'étouffement de la vie par l'arrogance logarithmique. Chaque mot est plein de dogmatisme, proclame la fin de toute surprise. Il n'y a rien d'étrange, plus rien qui n'échappe au système. Notre Ordre est l'Ordre véritable. » Il poussa un soupir et regarda son ami.

Ralph lui sourit. « Enfin, dit-il, il y a encore la chose. Tant qu'elle existe... on peut espérer.

— Ralph ? »

C'était Kathryn. Il se leva et se tourna vers le passage voûté. « Oui, chérie ?

— Pour la dernière fois, supplia-t-elle, devons-nous vraiment l'emmener ? »

Il hocha la tête. « Oui, Kathryn. Je veux qu'il voie ça. Je refuse de le laisser entrer dans la vie sans savoir que cela existe.

— Mais suppose qu'il en parle autour de lui ? Ce n'est qu'un enfant.

— Il ne sera pas le seul à avoir vu ça. Arrête de te faire du souci. »

Elle s'étreignit les mains et le regarda.

« Tu ferais bien d'aller le chercher », dit-il.

Elle fit demi-tour lentement et il entendit ses talons claquer sur le plan incliné. Puis il se tourna vers Harry. « Tu penses que c'est bien que Billy voie ça, n'est-ce pas ?

— Grand Dieu, oui ! Je regrette seulement de ne pas avoir pensé à amener Lilly ce soir. J'aurais aimé qu'elle voie ça elle aussi. »

Puis il bâilla, s'étira et relâcha ses muscles pour laisser la lassitude se répandre dans ses membres. « Encore quelques bouffées, se ravisa-t-il, et on y va. »

Billy était mollement assis sur les genoux de Kathryn. Ses yeux ensommeillés essayaient de voir à travers la vitre du véhicule terrestre.

« Où on va, maman ? demanda-t-il pour la cinquième fois.

— Faire une promenade », dit Kathryn. Elle lança un regard accusateur à son mari. « Il aura tellement sommeil qu'il ne saura même pas ce qu'il a sous les yeux.

— Il le saura, rétorqua Ralph. Mon père m'a emmené voir ça quand j'étais tout gosse. Moi aussi, j'étais à moitié endormi. Mais je m'en suis souvenu. Je m'en suis toujours souvenu. »

Il gardait les yeux fixés sur la large autoroute qui enjambait les voies piétonnes comme un ruban tendu. Au-dessus d'eux, formidables, s'élevaient les gratte-ciel commerciaux.

La voiture passa à toute allure devant un des vastes panneaux réfléchissants qui s'élevaient tous les cent mètres en bordure de l'autoroute. *La Science est la Vérité*, proclamait le panneau en un éclair.

Au-delà, s'étendait une longue perspective de panneaux semblables.

Si la Science dit Non, c'est Non !

Tout est conforme au Système.

Notre Ordre est l'Ordre véritable.

« C'est ce que tu disais, Harry, lança Ralph par-dessus son épaule. Au bout d'un certain temps, on considère les mots comme allant de soi. L'habitude l'emporte. C'est terrible. Mais si on répète quelque chose assez longtemps, qu'on le répète à outrance, on finit par croire le contraire. Tout s'inverse.

— Rien de plus vrai.

— Est-ce que vous vous sentez vraiment obligés de pontifier à longueur de temps, vous deux ? intervint Myra. On se croirait mariées à des hommes politiques. »

Harry gloussa. « Que ferais-je sans toi, mon trésor ? dit-il en lui tapotant la main. Tu es cette impassibilité qui fait bouger le monde.

— Pfft !

— Regarde, Billy ! s'écria soudain Ralph, qui en fit sursauter sa femme. Là-haut !

— Quoi, papa ?

— Regarde l'étoile filante là-bas. » De la main droite, il lui tourna gentiment la tête.

« Oh ! fit Billy. Je la vois. Qu'est-ce que c'est, papa ?

— Une étoile filante, mon chéri, expliqua Kathryn. Papa vient de te le dire.

— Qui est-ce qui la fait filer comme ça, papa ? »

Tout le monde se mit à rire.

« Personne, mon cœur, expliqua Kathryn. C'est un gros rocher qui s'est trop approché de la Terre et a pris feu. Tous les savants sont en train de l'observer à l'heure qu'il est.

— Pourquoi, maman ?

— Pourquoi ? Ils l'attendaient et ils veulent voir ce qui arrive. Il y a longtemps qu'ils savent qu'il allait tomber. Ils le savaient bien avant ta naissance. »

Ralph serra les dents. « Ne lui raconte pas une chose pareille, s'emporta-t-il. Tu sais bien que ce n'est pas vrai. »

Elle inspira à fond. « Je lui raconte la vérité, fit-elle avec raideur. La Science Officielle ne commet pas d'erreur. L'univers obéit bel et bien à un ordre. Vas-tu dire à ton fils que ce n'est pas vrai ?

— Je veux que mon fils se rende compte par lui-même.

— On aurait dû emmener Lilly, renchérit Harry.

— Comme ça, tout aurait été parfait, ironisa Myra.

— Ouille ! fit Harry sur le ton de la plaisanterie.

— Et n'allez pas vous lancer encore dans une de vos savantes dissertations sur cette fameuse chose, reprit sèchement Myra.

— C'est un simple fait, ma chérie, lui retourna son mari. Il contredit le système. Donc, plus de système.

— C'est absurde.

— C'est d'une logique irréfutable, oui ! » ricana Harry.

La voiture obliqua et s'engagea sur une bretelle donnant sur une petite rue déserte à la périphérie de la ville.

« Et si les Gardes Politiques débarquaient dans... à cet endroit où nous allons ? s'inquiéta Kathryn.

— Pas de risque », dit Ralph.

Il jeta un coup d'œil à Billy. La petite tête blonde s'était laissée aller sur l'épaule de Kathryn. L'enfant regardait droit devant lui, les yeux à demi clos. Ralph sourit.

« On t'emmène voir quelque chose que tu n'oublieras jamais, Billy, dit-il.

— Oui, papa. »

Kathryn déposa un baiser sur le front de son fils et lui caressa doucement les cheveux du bout des doigts.

« Je me fais vraiment l'effet d'une criminelle achevée », dit Myra dans la ruelle ténébreuse où ils attendaient que quelqu'un vienne répondre à la porte devant laquelle ils se tenaient.

Kathryn jetait des regards inquiets autour d'elle en serrant Billy contre elle. « S'il te plaît, Ralph, implora-t-elle, rentrons à la maison. On reviendra un autre soir.

— Non, s'entêta Ralph. Nous sommes ici. Pas question de faire marche arrière. »

Un fente minuscule s'ouvrit dans la porte. Kathryn cessa brusquement de respirer quand un mince rayon de lumière lui éclaira le visage. Puis la lumière disparut ; deux yeux soupçonneux les dévisagèrent.

« Oui ? s'enquit une voix grave.

— Nous, euh... balbutia Ralph, nous voudrions voir la chose. Enfin, je voudrais que mon fils la voie. »

Les yeux se tournèrent vers Billy, cramponné à sa mère. Puis le regard froid se porta au-delà de leurs épaules pour plonger dans la ruelle déserte.

« Faites-moi passer votre carte d'identité. »

Ralph sortit son portefeuille et en retira une petite carte en plastique. Il la glissa dans la fente et des doigts s'en saisirent de l'autre côté. Ils attendirent.

Myra ne tenait plus en place. « C'est idiot, dit-elle. On nous prend pour des enfants en train de jouer ou quoi ?

— Tais-toi, chérie, ou je fais un discours. »

Myra fusilla son mari du regard.

Un instant plus tard, ils entendirent claquer des verrous et la porte s'ouvrit en grinçant.

« Dépêchez-vous d'entrer », dit l'homme.

Grand, entre deux âges, il était vêtu de gris. Il referma la porte et remit les verrous dès qu'ils furent à l'intérieur.

Leurs pas retentirent sur les marches usées qu'ils descendirent à sa suite. L'air était froid et humide.

« Si jamais il tombe malade... menaça Kathryn en remontant le col de la veste de Billy.

— La maladie a été exclue du système », dit Ralph d'un ton doux-amer. Puis il la regarda d'un air coupable. « On ne restera pas très longtemps. »

Ils pénétrèrent dans une grande salle avec des murs en pierre. Elle était aménagée comme un auditorium ; des chaises disposées à intervalles irréguliers faisaient face à une plate-forme légèrement surélevée. À bonne distance les uns des autres, quelques vieillards et un jeune couple attendaient, tranquillement assis dans la pénombre. Sur la plate-forme, on pouvait distinguer une forme hémisphérique de taille imposante, dissimulée par un grand drap noir.

Leurs chaussures résonnèrent sur le sol tandis qu'ils descendaient jusqu'à la troisième rangée pour y prendre place. Myra s'éclaircit la gorge ; on aurait dit qu'un essaim de chauves-souris s'envolaient dans la salle. Elle regarda précipitamment autour d'elle, gênée, et ses joues s'empourprèrent. Harry sourit et lui tapota la tête. Elle lui décocha un regard furieux.

Ils finirent par s'asseoir sur les chaises branlantes.

« Laisse-moi le tenir », murmura Ralph à sa femme en lui prenant Billy.

Les lèvres pincées, elle lâcha son fils et joignit ses mains tremblantes sur ses genoux. Un frisson lui parcourut la colonne vertébrale.

Cinq minutes durant, ils restèrent assis sans souffler mot.

Myra s'agita.

« Quand vont-ils nous montrer leur machin, par pitié ? » glissa-t-elle d'un ton grincheux à son mari.

Il haussa les épaules. « Je n'en ai aucune idée. Nerveuse ?

— Oui, fit-elle à voix basse. Je crève de peur. »

Harry sourit.

« Je n'aime pas ça, dit Kathryn à Myra. Ce n'est pas bien d'être ici. »

Myra lui étreignit la main. « Ce n'est qu'un jeu, Katie. Ne te laisse pas impressionner. »

L'homme en gris monta sur la plate-forme et se campa à côté de la forme drapée. Il toussota, les yeux fixés sur le mur du fond.

« Mesdames et messieurs, commença-t-il d'une voix sourde, solennelle. Il se peut que certains d'entre vous soient venus ici ce soir pour se distraire. C'est possible. Cependant, je veux croire et espérer que la plupart d'entre vous êtes venus pour la même raison que celle qui nous pousse, nous, membres du Comité des Phénomènes Hors-la-Loi, à risquer nos vies pour sauvegarder la chose.

» Vous pouvez me croire, mesdames et messieurs, quand je vous dis que ce phénomène, l'un des rares qui subsistent, est d'une importance incommensurable pour nous tous.

» Pourquoi ? demanderez-vous. » Il marqua un temps du

plus bel effet dramatique. « Répondez vous-même à cette question. »

Il arracha le drap.

Un concert de vieux bois craquant se fit entendre au moment où tout le monde se penchait machinalement en avant. Chacun retint sa respiration. Les regards scrutèrent anxieusement l'obscurité.

Sous la protection hémisphérique en plastique se trouvait une petite machine brillante. Ses rouages tournaient aussi lentement que silencieusement. Montés sur rubis, ils étincelaient sous l'unique projecteur suspendu au plafond.

« Voilà la chose, dit tout doucement l'homme. La machine qui ne s'arrête jamais. »

Ralph se pencha sur la tête de son fils et murmura : « Tu vois, Billy ?

— Oui, papa. » La petite voix était pleine d'obéissance.

« Tu sais ce que ça signifie ?

— Euh... non, papa. »

Kathryn prit la main gauche de Billy dans la sienne.

« Cela signifie, reprit Ralph, que tout ce qu'on te racontera à l'école ne sera pas *forcément* vrai.

— Ralph ! » siffla son épouse.

Il la rembarra d'un geste. Elle tortilla les épaules en un mouvement d'impatience effarouchée. Billy la regarda, puis ses yeux se reportèrent sur son père.

« Je ne m'attends pas à ce que tu comprennes tout cela, poursuivit Ralph, mais souviens-toi seulement de ceci, Billy. La Science, le Bureau Politique, dit que cette machine, là-bas, ne peut absolument pas fonctionner. Tu comprends ça ?

— Oui, papa.

— N'empêche qu'elle fonctionne *bel et bien,* Billy. Regarde-la fonctionner. Elle tourne comme ça, sans cesse, depuis plus de cinq cents ans. Elle fonctionnait avant ta naissance, avant la mienne, avant celle de mon père ou de son père à lui.

» Et elle continuera de tourner après que tu auras grandi et emmené ton propre petit garçon ici pour la voir. Et à ce moment-là, il faudra que tu lui dises, comme je te le dis maintenant, que cette machine fonctionnera toujours. Même si tous les Bureaux Politiques du monde disent le contraire. »

Bouche bée, Billy contempla les rouages en mouvement. Il cligna des yeux et continua de regarder intensément, s'abreuvant de ce spectacle.

Kathryn l'observait en silence, les traits tendus par la peur. Inconsciemment, elle lui caressa la main. Elle ferma les yeux et une larme coula le long de sa joue.

Billy se tourna vers son père, prêt à dire quelque chose. Ralph s'inclina pour l'écouter, imité par Harry, qui se pencha par-dessus les genoux de sa femme.

« Qu'y a-t-il ? demanda Ralph.

— Elle ne s'arrêtera *jamais*, papa ? »

Les lèvres de Harry s'étirèrent en un sourire prophétique. Il se redressa et étreignit la main de Myra en un geste protecteur.

Ralph tapota le bras de son fils et parla tout doucement en regardant son épouse.

« Non, Billy, dit-il. Nous ne la laisserons jamais s'arrêter. »

AVIS À LA POPULATION

Cher Don,

Voilà, c'est fini. Il va falloir que tu te trouves un autre poulain. Je ne suis plus capable d'écrire un mot. Je suis fini. *Pourquoi ?* te demandes-tu. Bonne question. Combien de fois, en effet, t'ai-je affirmé que j'avais encore de quoi écrire vingt ans ? Au moins un million de fois. Malheureusement, tout a changé.

Tu es le dernier à l'apprendre. Tu es mon agent ; je ne voulais pas t'écrire avant d'avoir une certitude. À présent, on peut dire que je l'ai.

Tout a commencé il y a un mois. Avant toute chose, une citation. Fais bien attention. Je cite :

3-B-5
Les vaisseaux martiens se manifestent initialement sous forme de lumières clignotantes aux abords immédiats de la Lune. Ils sont visibles par phases de dix minutes, entre lesquelles ils disparaissent un quart d'heure.

Fin de citation.

Je suis dans mon bureau. Je m'efforce de me presser le citron pour en tirer une histoire. La journée se présente mal. Ces matins-là, j'ai envie de faire fondre ma machine à écrire, de lui donner l'aspect d'une barre d'acier et de m'en donner de grands coups sur la tête jusqu'à ce que mort s'ensuive.

Je suis sur une histoire dont les dialogues sont à hurler, l'intrigue à prendre les jambes à son cou et la description des personnages (inutile de se leurrer) carrément à vomir. J'arrache de la machine le énième feuillet, que j'expédie dans la corbeille – drôlement gâtée ce jour-là. Morose, je nourris des idées de suicide.

Pour achever de planter le décor, Ava est en train de faire

un gâteau à la cuisine et le bébé de remplir sa couche dans la nursery.

Ne supportant plus le silence, qui me fait voir ma cervelle transformée en bloc de gelée tremblotante, j'allume la radio. Je ne tarde pas à capter la fin d'un fascinant bulletin d'information. Le présentateur annonce que la cote du maïs et du blé augmente de deux points et que le marché est flottant. Je prends note (ça peut me resservir dans un texte) et je change de station. J'attrape la fin d'un autre bulletin.

« Et ces lumières clignotantes, entonne le commentateur, sont demeurées visibles par périodes de dix minutes. Plusieurs observatoires situés dans différentes régions conduisent actuellement des investigations plus poussées sur ce phénomène peu banal. Sans transition, on note aujourd'hui sur le marché du maïs et du... » Clic ! J'éteins le poste.

Et tu l'auras deviné, sur le moment je ne me rends compte de rien. Un autre que toi trouverait cela étonnant, mais tu me connais, Don. Si je venais de me faire écraser par un camion, il faudrait encore qu'on se penche sur mon cadavre aplati pour m'apprendre la nouvelle.

Et ce jusqu'à l'heure du déjeuner, que nous prenons dans le coin-cuisine.

J'enfourne bruyamment ma soupe en parcourant le *Sunday Times* d'il y a quinze jours, sur lequel je n'ai pas encore eu le temps de mettre la main. Le bébé flanque une sacrée raclée à sa bouillie. Je renonce à lire le journal, que je laisse tomber dans la corbeille avant d'allumer le petit poste de radio posé sur une étagère.

La *Sixième* de Tchaïkovski parvient au bout de sa lente agonie, suivie par un nouveau bulletin d'informations.

J'entends : « Les scientifiques ainsi que les autorités gouvernementales enquêtent toujours sur les mystérieuses lumières clignotantes aperçues hier soir autour de la Lune. Celles-ci se sont manifestées par phases de dix minutes, séparées par un intervalle d'un quart d'heure. La rumeur selon laquelle ces lumières seraient émises par des vaisseaux interplanétaires a fait l'objet d'un démenti formel de la part des porte-parole du gouvernement.

» Parallèlement, certains récepteurs terriens ont capté des signaux radio survenant à une demi-heure d'intervalle. Aucun des codes connus à ce jour n'a permis de les déchiffrer. »

Je repose une moitié de sandwich sur la table et je fonce

dans mon bureau, où je sors un épais dossier intitulé « Mars ». Dossier que tu connais bien, Don. Tu sais que j'ai passé un an à le constituer, et que son contenu est entièrement issu de mon imagination.

Je l'ouvre à la section 3, sous-section B, paragraphe 5. Et sur quelle précieuse pépite de documentation tombent mes yeux, je te le demande ?

Celle que j'ai citée plus haut, bien sûr.

Et ça, pour moi, c'est plus fort que tout. Suis-je à présent le Nostradamus new-yorkais ? J'en suis tout perturbé. Je poursuis ma lecture de la section 3-B-5.

Les signaux radio martiens nous parviennent à trente minutes d'intervalle durant la période où les lumières intermittentes sont visibles autour de la Lune.

Je relis inlassablement le passage concerné. Mon déjeuner ne passe pas. Mon cœur n'arrête pas de claquer et de reclaquer une lourde porte dans ma poitrine. J'en viens à me pincer pour voir si je suis bien éveillé. Aïe ! Non, décidément, je ne rêve pas.

Je songe au pauvre auteur de science-fiction sous-payé que je suis, avec son gros dossier sur Mars intégralement extrait de son crâne en friche. Quand il sera complet, j'aurai vingt ans de matériau à exploiter pour ma saga martienne. Je suis content, mes éditeurs aussi, et Don par-dessus le marché. On danse tous en rond en tapant dans nos mains.

Sauf que voilà : ce que j'ai inventé de toutes pièces est en train de se passer pour de vrai !

Je médite un instant là-dessus, puis je remets le dossier sur son étagère. Je retourne à la cuisine finir mon déjeuner en réfléchissant à cette étrange coïncidence.

Je repense à mon dossier.

La section 3 s'intitule : « Déclarations de guerre martiennes adressées aux différentes planètes ».

La sous-section A porte le titre : « Déclaration de guerre contre Vénus ». Tu t'en souviens, c'est la sous-section B que je t'ai citée.

Tu vois où je veux en venir ?

La commotion, c'est : comme un feu de cheminée : si on ne l'alimente pas, il s'éteint. Je passe quelques nuits sans dormir.

J'appelle les grandes universités en demandant à m'entretenir avec les professeurs d'astronomie. Je serais bien en peine de dire pourquoi, d'ailleurs. Il faut que j'en parle à quelqu'un, voilà tout. Inutile d'avertir le Président ; il a assez à faire avec la guerre froide. Donc, je me rabats sur les profs d'astronomie.

Ils ne me sont pas d'un grand secours. Trois d'entre eux évoquent des météores, deux autres des comètes. Et le dernier, qui l'eût cru, parle d'hystérie collective. Ma foi, me dis-je, qui sait ? Si on m'affirme ensuite qu'il s'agit d'éruptions solaires, je serai tout disposé à le croire. Pourquoi pas ? Je ne suis pas si pressé de me considérer comme un prophète.

Sur quoi je pense à autre chose. Mes préoccupations matérielles se recentrent sur la terre et tout redevient au poil. Dans la semaine qui suit j'écris deux nouvelles martiennes de plus. Je te les envoie, tu les places.

Là-dessus, un beau matin, côté créatif je me retrouve une fois de plus englué dans la mer des Sargasses. Le silence crépite tout autour de moi. Je suis en proie aux affres du néant.

Là encore, je quête une bouffée de consolation auprès de mon poste de radio.

Un type parle entre deux bouchées de brioche et deux gorgées de café instantané.

« Dis donc, Bella... » Ah, je suis tombé sur un feuilleton bourré de clichés, genre « Monsieur et Madame Tout-le-Monde prennent le petit déjeuner ».

« Dis donc, Bella », répète-t-il. Soit Bella s'est rendormie, soit elle s'est étranglée avec sa tartine.

« Ouais ? finit-elle par répondre.

— Je vois que ces rumeurs débiles recommencent à courir – tu sais, à propos des envahisseurs martiens ? Orson Welles nous avait déjà fait le coup, pourtant.

— Ah ? » lâche Bella, manifestement douée pour la conversation.

« Ouais ! » poursuit l'autre après avoir avalé (slurp !) un peu de café. Il déglutit si bruyamment que moi-même j'en sens le goût. « Texto ! » Il s'étrangle à moitié. « Ils disent que ces lumières sont sans aucun doute, mais alors aucun, le fait de vaisseaux spatiaux. Walter Provincial l'affirme ici même, dans sa rubrique habituelle : *Dans le Wyoming, les écrans radar d'une base aérienne ont capté une de ces "lumières" ; elle se déplaçait...* Écoute ça, Bella !... *à plus de sept mille kilomètres heure.* Qu'est-ce que tu penses de ça, hein ?

— Ouah ! dit Bella.

— Et c'est pas tout. Un prof d'archéologie de je ne sais quelle fac prétend que les signaux radios reçus sont chiffrés selon un code que lui-même a trouvé dans une antique tombe égyptienne.

— Quoi ! »

L'exclamation ne vient pas de Bella, cette fois, mais de moi : j'ai sauté au plafond. Aussitôt redescendu, j'attrape mon fameux dossier. J'en ai des sueurs froides. Tu veux savoir pourquoi ?

3

B. Performances

1. Les navires de guerre martiens peuvent se déplacer à une allure comprise entre trois cents kilomètres heure (vitesse de croisière) et une vitesse de pointe dépassant quinze mille kilomètres heure.

Qui peut le plus peut le moins. Sept mille kilomètres heure, c'était largement dans leurs possibilités.

Pas de quoi sauter au plafond, dis-tu ? Eh bien, attends un peu d'entendre la suite. Car ce n'est pas tout. Accroche-toi, cher agent et néanmoins ami, car voici le bouquet.

5-D-7

Les explorateurs martiens ont débarqué sur Terre par équipes à partir de l'an 1600 avant J.-C. Ils ont disposé en divers endroits des plaquettes métalliques où étaient inscrites les tables de conversion de leur code radio. Des plaquettes ont notamment été placées, après le décès du roi Thoutmosis III, dans la tombe de cent notables égyptiens.

C'est moi qui souligne doublement.

Des *tombes égyptiennes* ! Je me dis : mon Dieu ! Voilà que je me fais peur tout seul. Je reste plusieurs minutes plongé dans une espèce de coma. En fond sonore, j'entends Ava qui me crie d'apporter je ne sais quoi je ne sais où, et de faire je ne sais quoi avec. Je ne réagis pas.

Quand elle n'a plus de voix, elle vient me demander, les poings sur les hanches, sur un ton aimable : « T'es *sourd* ou quoi ?

— Viens voir. » Le prophète a parlé. « Assieds-toi là. Il se passe quelque chose de pas marrant.

— Je suis occupée. »

Je m'obstine. Elle finit par s'asseoir. Je lui raconte tout. Avec quelques morceaux choisis.

« Et alors ? me dit-elle.

— Comment ça, et alors ? Ma parole, mais tu es sourde ! Tu ne te rends pas compte de ce que ça signifie ? Ce que je viens de te lire, je l'ai inventé. Et tout à coup ça devient vrai ! Tout ce qu'il y a de plus réel !

— Comment veux-tu que ce soit réel si ça sort de ton imagination ?

— Je ne sais pas », je réponds dans un souffle. Je jette un regard par-dessus mon épaule. « Si ça se trouve, toutes mes histoires ont été directement injectées dans mon inconscient par les Martiens. Peut-être que toutes mes nouvelles disent la vérité, jusqu'à la dernière. Mon Dieu ! Je suis peut-être sans le savoir un attaché de presse cosmique !

— Arrête ton char.

— Mais ils sont en train de déclarer la guerre à la Terre ! Ils vont nous exterminer ! »

Elle se lève. « N'oublie pas ce que je t'ai dit, pour le linge. »

Il y a à présent plusieurs semaines que mon pilotage automatique a déclaré forfait. Je suis dans l'ascenseur du Shill Building, ou j'ai rendez-vous avec Mike, ton éditeur préféré – et le mien aussi d'ailleurs.

Il me fait entrer dans son bureau, on échange une poignée de main puis on s'assied face à face. « J'ai une bonne nouvelle pour toi, je lui annonce. Ton magazine, *Terreur dans l'espace,* ne publie rien d'autre que la vérité historique, et ce depuis dix ans. »

Il bat des paupières puis se lève, indigné. « C'est une insulte dirigée contre moi et mon équipe ? » Mais je lui fais signe de se rasseoir ; il réintègre son fauteuil en cuir. « Qu'est-ce que c'est que ce délire, alors ? »

Je lui expose les faits. Sa pâleur éditoriale le quitte pour céder la place à un teint de bonhomme de neige : je lui raconte que mon député n'a pas répondu à mon télégramme, et que le directeur de la sécurité civile a classé mon appel dans la catégorie Illuminés.

Je conclus ainsi : « Fini de rigoler. Qu'est-ce qu'on fait,

maintenant ? On se positionne dans le même créneau qu'*Historia* ? »

Il reste un moment sans rien dire, se contentant de mordiller les jointures de ses doigts – dont il ne reste plus grand-chose, à force. De mon côté, je sombre dans une rêverie similaire.

Il me regarde.

« Inutile de tourner autour du pot, déclare-t-il. Mille fois nous avons répété à nos lecteurs que *Terreur* proposait ce qu'il y a de mieux en matière de fiction. Et tout à coup nous sommes des menteurs. Il faut faire front courageusement. Entamons une série d'articles et révélons toute l'affaire à nos lecteurs. »

Il consulte son bloc-notes.

« Peux-tu soumettre les premiers à Don avant mercredi ? On va virer une nouvelle de Matheson et mettre ton texte à la place.

— Mais enfin ! Tu n'as pas l'air de comprendre que ça va être la guerre !

— C'est le contraire qui nous changerait, tiens. Bon, voyons les détails, maintenant. »

Alors je rentre chez moi et je m'installe tout seul à mon bureau. Sur ma machine à écrire, un petit mot m'informe qu'Ava a emmené le bébé au zoo.

C'est avec appréhension que j'allume la radio. Pourvu que je tombe sur de la musique ! Je capte le dernier soupir étranglé du *Don Juan* de Gluck. Je tiens bon. Arrivent les informations.

« Aux quatre coins du pays les astronomes signalent une recrudescence notable des mystérieuses lumières clignotantes qui entourent la Lune depuis quelque temps. Celles-ci sont à présent visibles de jour. Les autorités mènent l'enquête avec le plus grand sérieux. »

J'éteins le poste. Je regarde fixement le mur. Avec le plus grand sérieux. Excellente nouvelle. *Oui, vraiment super.* Je prends péniblement mon dossier « Mars » sur son étagère et j'inspecte la section 15.

15-B-3

Pendant une période allant de 50 à 500 heures (terrestres), les navires martiens s'assembleront autour de la Lune, jusqu'à ce qu'ils soient prêts.

Prêts à quoi ? je t'entends d'ici demander.

Eh bien, je frémis de te l'apprendre, mais cette section-là s'intitule : « L'invasion martienne ».

Je suis donc un auteur maudit. Si l'on en croit ma documentation, que j'ai créée de toutes pièces, je le répète, un de ces quatre matins des vaisseaux vont cerner la Terre en s'entourant d'un bouclier énergétique impénétrable. C'est alors que les globes d'assaut s'abattront sur nous, avec à leur bord des troupes armées capables de désintégrer n'importe quoi dans un rayon d'un kilomètre.

Cette section – la 15, donc – est celle que j'ai compilée en dernier. J'avais pensé l'utiliser dans la vingtième année de ma carrière d'écrivain. Pour la toute dernière nouvelle, j'avais même trouvé un titre de travail. Mais je crois que je vais le changer. Dorénavant, ce sera plutôt « La fin de la Terre ».

Et voilà. Mon récit touche à sa fin. Tu as désormais toutes les données en main. Je ne peux plus écrire, Don. Plus un mot. Je me borne à remâcher mes idées noires.

Tu vois que tu as intérêt à te trouver un autre poulain. Pourquoi ? Mais voyons, maintenant que mes notes s'avèrent correspondre à la réalité, *qu'est-ce que tu veux que j'écrive ? Tu sais bien que je suis incapable de pondre de la littérature non romanesque !*

Avec tous mes regrets,

Burt.

MAMOUR, QUAND TU ES PRÈS DE MOI

Le nez pointé vers le haut, le vaisseau argenté parfaitement lisse creva les nuages et poursuivit sa descente dans l'atmosphère de Station Quatre. Le feu craché par les tuyères rugissait de toute sa puissance pour combattre l'étreinte de la pesanteur.

L'air se fit plus dense. Scintillante étincelle, l'astronef se stabilisa dans sa course comme un missile au bout de son parachute. Le soleil éclaboussait ses flancs métalliques et les eaux bleues de l'océan s'écartaient en bouillonnant comme pour l'avaler. L'engin décrivit un ample arc de cercle qui l'amena au-dessus de l'étendue vert rougeâtre de la terre ferme.

Dans la minuscule cabine, les trois hommes sanglés sur leurs couchettes se préparaient au choc de l'atterrissage. Les yeux fermés, les poings crispés à en être exsangues, les muscles noués dans leur lutte contre la décélération.

La terre bondit à la rencontre de l'astronef, qui se posa brutalement sur son ancrage de poupe. De fortes vibrations s'ensuivirent. Puis ce fut l'immobilité, le silence. Ainsi s'achevait avec succès un voyage de plusieurs milliards de kilomètres dans les ténèbres du vide.

Quatre cents mètres plus loin se dressaient l'entrepôt, le village et la maison.

Situation critique. Tels étaient les termes du rapport officiel. En principe secret, mais David Lindell en avait eu connaissance – comme tous les agents de la Wentner. Station Quatre, la Maison de fous des trois lunes. Ce n'étaient que des bruits qui couraient et il fallait faire la part des choses. Cela aussi, Lindell le savait.

N'empêche. Les ricanements, les coups de coude dans les côtes, le silence en haut lieu... il n'y avait pas de fumée sans feu. Sur les autres stations, la durée de service était de deux ans. Ici, sur la Quatre, elle n'était que de six mois. Ce n'était pas pour rien. Il y a une raison à ça, comme on disait sur Terre dans la salle des briefings. La Compagnie commerciale interstellaire Wentner n'est pas du genre à faire des cadeaux. Ce que Lindell croyait bien volontiers.

« Mais comme je dis toujours, inutile de se faire de la bile. »

Cela s'adressait à Martin, le copilote de l'astronef, tandis que les deux hommes, ployant sous les bagages de Lindell, traversaient la vaste prairie en direction du comptoir.

« Tu as raison, approuva Martin, inutile de te faire de la bile.

— C'est ce que je dis toujours. »

Quand ils passèrent devant l'entrepôt gargantuesque, il était plongé dans le silence. Derrière les portes coulissantes entrouvertes, Lindell aperçut le sol bétonné et put constater qu'il était vide grâce à la lumière que dispensait la lucarne. Martin lui expliqua que le vaisseau-cargo avait tout embarqué quelques semaines auparavant. Lindell répondit par un grognement et fit passer son sac d'une épaule à l'autre.

« Où sont les ouvriers ? » demanda-t-il.

D'un mouvement de sa tête casquée, Martin désigna le village distant de quelque trois cents mètres : une série de baraquements blancs disposés de façon à former un quadrilatère dont un côté aurait manqué. Aucun bruit ne s'en échappait. Le soleil embrasait les fenêtres.

« Probable qu'ils roupillent, commenta-t-il. Ils dorment beaucoup après le travail. Tu les verras demain quand la marchandise recommencera à arriver.

— Ils vivent avec leur famille ?

— Non.

— Je croyais pourtant que c'était la politique de la compagnie.

— Pas ici. Les Gnees n'ont guère de vie de famille. Il y a trop peu d'hommes et ils sont tous passablement abrutis.

— Magnifique. Quelle joie ! » Lindell haussa les épaules. « Enfin, c'est pas maintenant que je vais me faire de la bile. »

En gravissant les marches conduisant à l'entrée de la maison, il demanda à Martin où était Corrigan.

« Le transport de fret l'a rapatrié. Ça arrive de temps en temps. N'importe comment, il n'y a plus rien à faire ici quand la cargaison est embarquée.

— Ah bon, fit Lindell... Qu'est-ce que c'est que cette porte ? » Il l'ouvrit d'un coup de pied et tomba sur le salon-bibliothèque. « Il y a tout le confort !

— C'est rien de le dire, fit Martin en jetant un coup d'œil par-dessus l'épaule de Lindell. Par là, tu as un appareil de projection et un magnétophone.

— Formidable ! Comme ça je pourrai me faire la conversation. » Il grimaça. « Si on posait tout ce barda ? J'ai les épaules en compote. »

Ils traversèrent le vestibule. Au passage, Lindell avisa une petite cuisine carrelée, dans un ordre parfait. « Est-ce que la femme de service, cette Gnee, sait cuisiner ? demanda-t-il.

— À ce que j'ai entendu dire, tu seras traité comme un roi.

— C'est déjà ça. Au fait, tu sais pourquoi on appelle le coin de ce drôle de nom – la Maison de fous des trois lunes ?

— Qui l'appelle comme ça ?

— Les copains... sur Terre.

— Ils racontent n'importe quoi. Je suis sûr que tu te plairas ici.

— Mais pourquoi est-on relevé tous les six mois ?

— Tiens... voilà ta chambre. »

Quand ils entrèrent, elle était en train de faire le lit et leur tournait le dos. Ils laissèrent tomber les bagages et elle fit volte-face.

Les mains de Lindell tressaillirent. Bah, se dit-il, moqueur, j'ai vu pire.

Elle portait une lourde robe attachée au cou, formant une espèce de tronc de cône qui balayait le sol. On ne voyait que sa tête.

Une tête aplatie à l'épiderme granuleux, rose et glabre. Un peu comme le ventre couperosé d'une chienne prête à mettre bas, songea Lindell. En guise d'oreilles, deux cavités de part et d'autre de sa face camuse, privée de menton. Un embryon de nez pourvu d'une seule narine. Des lèvres épaisses, simiesques, délimitaient le petit orifice circulaire de la bouche. Salut, beauté, eut envie de dire Lindell.

Elle s'approcha sans bruit tandis qu'il la dévisageait en clignant des yeux. Puis elle plaça une main moite et spongieuse dans la sienne.

« Salut, dit-il.

— Elle n'entend pas, fit Martin. Elle communique par télépathie.

— C'est vrai, j'avais oublié. » *Bonjour*, pensa-t-il, et un *Bonjour* le salua en retour. *Je suis contente de vous avoir.*

« Merci. » Elle avait l'air convenable, se dit-il. Bizarre mais accueillante. Une question lui effleura l'esprit comme une main timide.

« Oui, bien sûr », répondit-il. *Oui*, ajouta-t-il mentalement.

« Qu'est-ce qu'il y a ? s'enquit Martin.

— Je crois qu'elle me demandait si elle devait défaire mes bagages. » Lindell se laissa choir sur le lit. « Ahhh ! en voilà un qui me plaît. » Et il se mit à tâter le matelas.

« Dis donc, comment sais-tu que c'est une femme ? » demanda-t-il quand ils eurent regagné le couloir, laissant la Gnee s'occuper des bagages.

« La robe. Les hommes n'en portent pas.

— C'est tout ? »

Martin sourit. « Plus quelques détails totalement dépourvus d'intérêt pour toi. »

Ils passèrent dans la salle de séjour. Lindell essaya le fauteuil. Il se laissa aller contre le dossier et caressa les accoudoirs avec satisfaction.

« Situation critique ou pas, cette station enfonce toutes les autres pour ce qui est du confort. »

L'espace d'un instant, il revit les yeux de la Gnee. Des yeux énormes, qui occupaient un bon tiers de sa figure, pareils à de grosses soucoupes de verre avec, au milieu, le rond noir de la tasse en guise de pupille. Et larmoyants, en plus ; des bols d'une espèce de gelée. Il haussa les épaules et chassa ces réflexions. Et puis après ? se dit-il. Quelle importance ?

« Hein ? Quoi ? fit-il en entendant la voix de Martin.

— Je te recommandais... d'être prudent. » Martin tenait à la main un pistogaz étincelant. « Il est chargé.

— Que veux-tu que je fasse de ça ?

— Rien. Ça fait partie de l'équipement standard, c'est tout. » Martin remit l'arme dans le tiroir du bureau. « Et tu sais où sont les registres. Le bureau de l'entrepôt est organisé comme ceux de toutes les autre stations. »

Lindell hocha la tête. Martin consulta sa montre. « Bon, il va falloir que j'y aille. »

Les deux hommes se dirigèrent vers la porte.

« Voyons, reprit Martin, qu'est-ce que j'ai encore à te dire ? Bien entendu, tu sais qu'il est de règle de ne faire aucun mal à ces gens.

— Qui songerait à... Oups ! »

Ils avaient failli la télescoper en sortant de la pièce. Elle fit un bond en arrière et regarda les deux hommes, les yeux écarquillés, emplis d'effroi.

« Du calme, mon petit, l'apaisa Lindell. Qu'est-ce qui se passe ? »

Manger ? La pensée se recroquevillait comme un mendiant à la porte de service de son esprit. Il pinça les lèvres et hocha la tête. « Tu me sors les mots de la tête. »

Il la regarda en se concentrant. *Je reviens dès que j'aurai raccompagné le copilote à son vaisseau. Prépare-moi quelque chose de bon.*

Elle acquiesça avec énergie et se précipita vers la cuisine.

« Où est-ce qu'elle file comme ça ? » demanda Martin au moment où ils prenaient la direction de l'escalier. Lindell lui expliqua.

« Voilà ce que j'appelle un service de grande classe, ajouta-t-il en rigolant. Un truc formidable, la télépathie. Sur les autres stations, de deux choses l'une : ou il me fallait apprendre la moitié de la langue du cru pour me faire servir un sandwich au jambon, ou c'était aux indigènes que je devais apprendre ma langue sous peine de mourir de faim. Dans les deux cas, je suais sang et eau pour obtenir satisfaction. » Il avait l'air ravi. « Là, c'est du gâteau », conclut-il.

Leurs lourdes bottes écrasaient les hautes herbes bleues. Ils arrivèrent au pied de l'astronef. Martin tendit la main à Lindell. « Vas-y doucement, mon vieux. Et à dans six mois.

— Entendu. Flanque un coup de pied aux fesses de ce vieux Wentner de ma part.

— Je n'y manquerai pas. »

Il regarda Martin gravir l'échelle métallique conduisant au sas d'entrée. Sa taille semblait diminuer à mesure qu'il grimpait. Finalement ce fut un nain qui pénétra dans le vaisseau et rabattit le tambour de métal. Lindell agita un bras en direction de la minuscule silhouette qui se découpait dans le hublot, puis il s'éloigna en courant pour se mettre à l'abri de la déflagration.

Il s'arrêta au sommet d'une éminence, sous un arbre à l'épais feuillage écarlate. Des entrailles du vaisseau s'éleva une toux grasse, une explosion de gaz. L'appareil resta quelques instants immobile, en équilibre sur son jet de feu, puis il s'élança dans le bleu-vert du ciel, laissant derrière lui un cercle de végétation calcinée. Un instant plus tard, il était hors de vue.

Lindell regagna la maison d'un pas nonchalant, admirant la profusion de plantes et de fleurs livides qui émaillaient la prairie, ainsi que les insectes bulbeux qui faisaient du surplace au-dessus.

Il enleva son blouson et le laissa pendre au bout de ses doigts. La chaleur du soleil était douce à son dos maigre.

« Les gars, confia-t-il à l'air embaumé, vous racontez n'importe quoi. »

Le grand soleil flamboyant était presque couché et sa mort cyclique éclaboussait le ciel de sang. Bientôt les trois lunes se lèveraient. De quoi rendre fou le type qui voudrait savoir quelle ombre était vraiment la sienne.

Assis devant la fenêtre de la salle de séjour, Lindell contemplait le paysage. Ça enfonce tout, médita-t-il. Que ce soit l'air, le climat ou la végétation en Technicolor délavé de la Terre. La nature s'était surpassée dans ce coin perdu de la Galaxie. Il soupira et s'étira, songeant au dîner.

Boire ?

Il sursauta, surpris au beau milieu d'un bâillement, et ses poings se crispèrent si violemment que ses phalanges craquèrent.

Debout à côté de lui, elle lui tendait un plateau sur lequel était posé un verre. Il le prit tandis que son cœur, passé le choc initial, s'apaisait.

« À ta place, je frapperai ou quelque chose comme ça », suggéra-t-il.

Les yeux énormes, à présent elliptiques, le dévisageaient sans comprendre.

« Bah, ça ne fait rien », dit-il après avoir goûté le breuvage tiède et aigrelet. Il fit claquer sa langue et s'octroya une seconde gorgée, plus généreuse. « Rudement bon. Merci, Mamour. »

Il tressaillit. Voilà ce qui s'appelait être pris au dépourvu. *Mamour ?* De tous les noms les plus improbables de l'univers... Il la regarda à la dérobée, la gorge chatouillée par une furieuse envie de rire.

Elle n'avait pas bougé. Son visage était déformé par ce qu'il interpréta comme un sourire. Mais sa bouche n'était pas faite pour sourire.

« Bon, quand est-ce qu'on mange ? » demanda-t-il, vaguement mal à l'aise devant ses yeux immobiles et larmoyants.

Elle pivota sur ses talons et s'empressa de gagner la porte. Puis elle se retourna.

Un message lui parvint. *Tout est prêt.*

Il sourit, vida son verre, se leva et suivit ses petits pas pressés dans la pénombre du couloir.

Il repoussa son assiette en exhalant un soupir et se laissa aller contre le dossier de sa chaise.

« Voilà ce que j'appelle de la bonne cuisine », dit-il.

Il sentit la joie de la Gnee jaillir en lui comme une source secrète. *Mamour remercie.* Elle n'avait pas mis longtemps à adopter le nom qui lui avait échappé. Elle fixait ses grands yeux sur lui. Une nouvelle tentative de sourire ? Du point de vue de Lindell, l'expression qu'elle arborait ne différait en rien des autres, simples mimiques faciales d'une débile mentale. S'il y voyait un sourire, ce n'était qu'en raison des pensées qui accompagnaient ladite expression.

Puis il se rendit compte que ses propres yeux larmoyaient comme par contagion et il détourna la tête en battant des paupières. Légèrement nerveux, il sucra son café et le remua. Il sentait le poids de son regard. Une pointe de mécontentement altéra ses pensées, puis elle lui tourna brusquement le dos. Voilà qui est mieux, songea-t-il. Et il se sentit plus à l'aise.

« Dis-moi un peu, Mamour... » Il laissa sa phrase en suspens. Après tout, autant s'y habituer. *Tu as un mari ?* Les pensées qui vinrent en retour étaient confuses.

Un partenaire ? reformula-t-il.

Oh ! oui.

Au village des ouvriers ?

Il n'y a pas de partenaires là-bas.

Lindell crut percevoir une note d'arrogance dans sa réponse. Il haussa les épaules et but une gorgée de café. « Évidemment, se dit-il, s'il y avait un ouvrier heureux en amour, il n'y aurait plus moyen de tenir les autres. Ils se rongeraient les ongles – si du moins ils en avaient. Sur ce, bonne nuit. »

Une fois au lit, il ouvrit son journal intime, un cahier dépenaillé contenant les quelques notes qu'il avait prises sur une demi-douzaine de planètes. Celle-ci était la septième. *Mon nombre fétiche,* écrivit-il à l'encre bleue en tête de page.

Dormir ? Cette fois encore, il n'y avait pas eu le moindre bruit. Sa plume dérapa et cracha trois gros pâtés. Il leva les yeux et la vit devant lui avec son plateau.

« Oui. » *Oui, Merci, Mamour. Mais j'aimerais bien que tu t'annonces quand tu...*

Il s'interrompit, s'avisant que c'était sans espoir.

« Ceci va me faire dormir ? »

Oh, oui !

Il avala une gorgée tout en contemplant la page maculée d'encre. Bah, j'avais à peine commencé, se dit-il. La littérature ne s'en portera pas plus mal. Il arracha le feuillet et le roula en boule.

« C'est bon, ce truc », fit-il en désignant le verre du menton. Il lui tendit la boulette de papier. *Jeter, hein* ? demanda-t-elle. *Jeter ?*

« Tout juste. Et maintenant, sauve-toi. En voilà des façons de s'attarder dans la chambre d'un monsieur ! »

Elle déguerpit en trottinant et Lindell sourit lorsqu'elle eut refermé la porte sans bruit.

Il termina son verre, le plaça sur la table de chevet, éteignit et laissa aller sa tête sur l'oreiller avec un soupir. Quelle créature ! songea-t-il, à moitié assoupi.

Bonne nuit.

Il ouvrit ses paupières alourdies et jeta un coup d'œil à la ronde. Personne dans la chambre. Il se remit sur le dos.

Bonne nuit.

Il se dressa sur un coude, scrutant l'obscurité.

Bonne nuit.

« Oh, bonne nuit à toi aussi. » La pensée s'estompa. Il s'allongea à nouveau et bâilla à s'en décrocher la mâchoire. « Qu'est-ce que vous dites de ça, hein ? murmura-t-il d'une voix pâteuse en se tournant sur le côté. Rien dans les mains, dans les poches. Aucun trucage. Qu'est-ce que vous... »

Il fit un rêve qui le laissa trempé de sueur.

Après le petit déjeuner, il sortit de la maison la tête remplie des pensées d'adieu de Mamour et se rendit à l'entrepôt. Déjà, une colonne de Gnees, des ballots en équilibre sur la tête, approchait. Ils entraient dans le bâtiment et déposaient leur fardeau devant le contremaître qui se tenait au milieu du sol de béton, une planchette chargée de bordereaux minces comme du papier de soie à la main.

À l'arrivée de Lindell, ils baissèrent tous la tête, plus obséquieux que jamais, sans interrompre pour autant leurs allées et venues. Leur visage était plus aplati que celui de Mamour, leur peau un peu plus sombre et leurs yeux plus petits. Leur corps massif était puissamment musclé. Ils ont *effectivement* l'air abruti, songea Lindell.

Il se dirigea vers le contremaître et, la pensée qu'il émit demeurant sans réponse, il en déduisit que les hommes n'étaient pas télépathes – ou ne voulaient pas l'être.

« Comment va ? dit le contremaître d'une petite voix aiguë. Je contrôle. Tu contrôles ?

— Ça ira comme ça. » Lindell repoussa la planchette de bordereaux que l'autre lui tendait. « Tu n'auras qu'à m'apporter tout ça au bureau quand le premier lot sera rentré.

— Hein ? Quoi ? »

Nous voilà bien, se dit Lindell. Il tapota la liasse de bordereaux. « Apporter ça à moi – *moi*. Quand marchandise rentrée. »

La face tavelée du contremaître rayonna en une vibrante expression de stupidité et il opina vigoureusement. Lindell lui tapota l'épaule. Brave garçon, grommela-t-il mentalement. Je suis sûr qu'en cas de coup dur, tu vaux ton pesant de dynamite. Et il se dirigea vers le bureau en grinçant des dents.

Après avoir refermé la porte de plastiverre, il examina les lieux. Le bureau ressemblait à ceux des autres stations. Sauf qu'il y avait un lit de camp dans un coin. Est-ce à dire que je vais devoir passer mes nuits ici ? s'émut-il.

Il s'approcha. L'oreiller crasseux portait l'empreinte d'une tête. Il ramassa un cheveu châtain clair. Et qu'est-ce que c'est que ça ? se demanda-t-il.

Sous le lit, il venait de découvrir une ceinture veuve de sa boucle. Et le mur présentait des traces de griffures, comme si quelqu'un, dans un accès de délire, avait cherché à y ouvrir une brèche pour sortir du bureau.

« Cette turne est hantée », conclut Lindell en secouant vaguement la tête. Puis il se retourna en haussant les épaules. Inutile de me faire de la bile, se dit-il. J'ai six mois à tirer et rien ne pourra m'abattre.

Il s'installa promptement derrière le bureau et attira à lui l'épais registre de la station. Il l'ouvrit et commença à le lire depuis le début.

Les premières annotations, pâlies, remontaient à vingt ans. Elles étaient signées *Jefferson Winters,* remplacé un peu plus tard par un simple *Jeff*. Au bout de six mois et cinquante-deux pages d'une écriture serrée, la page 53 s'ornait d'un message calligraphié de façon tarabiscotée : *Adieu pour toujours, Station Quatre !* Apparemment, *Jeff* n'avait pas eu de mal à s'adapter à son existence ici.

Lindell fit reculer son fauteuil grinçant et posa le lourd registre sur ses genoux avec un soupir d'ennui.

C'était après le deuxième mois de présence que les notes du successeur de *Jeff* commençaient à devenir confuses : mots tremblés, griffonnages hâtifs, ratures et corrections. Certaines erreurs avaient visiblement été rectifiées plus tard par un autre remplaçant.

Et cela continuait ainsi pendant les quelque quatre cents pages suivantes, aussi soporifiques les unes que les autres, navrante kyrielle de fautes et d'éventuels rectificatifs. Lindell les parcourut avec lassitude, sans éprouver la moindre parcelle d'intérêt.

Quand il atteignit les notes signées *Bill Corrigan*, il se redressa entre deux bâillements et appuya le registre contre le bureau pour l'examiner avec plus d'attention.

Les notes en question ressemblaient à toutes les autres, celles de Winters exceptées : la bonne tenue du début se détériorait progressivement pour sombrer dans la débandade, l'écriture dégénérait de mois en mois jusqu'à devenir presque illisible. Lindell trouva dans les additions des erreurs de calcul flagrantes qu'il corrigea soigneusement.

Un jour, Corrigan s'était interrompu au milieu d'un mot. À partir de là, il n'y avait plus que des pages blanches jusqu'à la fin de son séjour – soit sur une période d'un mois et demi. Lindell les feuilleta d'un air distrait en secouant lentement la tête. Il se sentit obligé d'admettre qu'il n'y comprenait rien.

Dans la salle de séjour, avant le dîner, et ensuite à table, il commença à avoir le sentiment que les pensées de Mamour étaient en quelque sorte vivantes. Pareilles à des insectes microscopiques grouillant dans les replis de son propre cerveau, tantôt bougeant à peine, tantôt bondissant avec excitation. À un moment donné, alors qu'il commençait à être agacé par le regard fixe dont elle le couvait, les pensées de la Gnee prirent l'allure d'invisibles supplications qui lui caressaient maladroitement l'esprit.

Pire, comme il s'en avisa plus tard alors qu'il était en train de lire au lit, il éprouvait cette sensation même quand elle n'était pas dans la pièce où il se trouvait. Il était déjà fort déconcertant de sentir un flot ininterrompu de pensées s'infiltrer en lui lorsqu'elle était à proximité ; mais cette espèce de commande à distance... c'était un peu trop lui demander.

Tu ne crois pas ? Il s'efforçait de la dissuader sans la brusquer, sur un ton bon enfant, mais n'obtint en réponse qu'une image de la Gnee le contemplant de ses grands yeux où se lisait une totale incompréhension.

« Et puis merde », marmonna-t-il, et il jeta son livre sur la table de chevet. C'est peut-être ça, se dit-il en s'allongeant Cette histoire de télépathie... c'est peut-être ça qui a fait dérailler les autres. Eh bien, moi, je ne me laisserai pas avoir, se promit-il. Pas question que je me fasse de la bile avec ça. Il éteignit, dit bonsoir dans le vide et s'apprêta à dormir.

« Dormir », murmura-t-il sans s'en rendre compte, à demi conscient. Mais cela ne ressemblait en rien au sommeil ; c'était loin d'être assez profond. Une brume épaisse lui obnubilait l'esprit, lui imposait la même scène avec un luxe de détails. Une scène qui se rapprochait et s'éloignait à toute allure. Grossissait, s'enflait jusqu'à l'engloutir avec tout le reste.

Mamour. Mamour. L'écho d'un cri perçant dans un long corridor noir. L'envol d'une robe tout près. Il distinguait ses traits pâles. Non, disait-il, va-t'en. Recul... avance... fuite... retour... Il hurla. Non. *Non.* NON !

Il se dressa d'un bond en laissant échapper un gémissement étranglé, les yeux grands ouverts. Il plongea un regard hébété dans la chambre vide, en proie à un tourbillon de pensées chaotiques.

Tâtonnant dans le noir, il tendit le bras et alluma. Il se planta aussitôt une cigarette entre les lèvres et se laissa mollement aller contre la tête de lit en soufflant des nuages de fumée. Levant une main, il s'aperçut qu'elle tremblait. Il marmonna des paroles incohérentes.

Puis ses narines frémirent et une grimace de dégoût étira ses lèvres. Qu'est-ce que c'était que cette odeur de chair morte ? Ce relent douceâtre qui pesait dans l'air, de plus en plus entêtant ? Il rejeta les couvertures.

C'était au pied du lit. Une énorme brassée de fleurs mauves.

Il les regarda un moment avant de se baisser pour les jeter à l'autre bout de la pièce. Inspira spasmodiquement quand une épine lui piqua le pouce.

Il exprima quelques gouttes de sang et suça la plaie, étourdi par la puissante odeur qui assaillait ses narines.

C'est très gentil de ta part, lui transmit-il, *mais ne m'apporte plus de fleurs.*

Elle le regarda. Elle n'a pas saisi le message, se dit-il.

« Tu comprends ? »

Des torrents d'affection lui ruisselèrent dans la tête, tels des flots de sirop. Il remua son café d'un geste impatient et le déversement se tarit, comme si elle ne voulait surtout pas le contrarier.

Il vida sa tasse d'un trait et se leva. *Je déjeunerai vers...*

Je sais. La pensée de la Gnee avait coupé la sienne, un rien autoritaire. Il sourit intérieurement en gagnant le couloir. Le message télépathique avait presque la tonalité d'une remontrance maternelle.

Puis, en traversant la cour, il se rappela son rêve et son sourire se volatilisa, gommant toute trace d'amusement de son visage.

Il passa la matinée à se demander avec agacement pourquoi les Gnees de sexe masculin étaient aussi stupides. S'ils laissaient tomber un ballot, c'était toute une affaire de le ramasser. Des vaches sans cervelle, conclut-il en les regardant par les vitres du bureau vaquer péniblement à leurs occupations, l'œil fixe et éteint, les épaules tombantes.

Une chose était sûre : ils n'étaient pas télépathes. À plusieurs reprises, Lindell avait essayé de leur donner des ordres uniquement par la pensée, mais sans aucun résultat. Ils ne réagissaient qu'aux mots de deux syllabes, d'une seule de préférence, articulés plusieurs fois d'une voix forte. Et encore était-ce de façon imbécile.

Au milieu de la matinée, alors qu'il mettait de l'ordre dans le monceau de paperasserie que Corrigan avait laissé s'entasser, il leva la tête, stupéfait de constater que les pensées de Mamour lui parvenaient depuis la maison.

Des pensées qu'il aurait été incapable de traduire en mots, de simples sensations témoignant d'une vague présence. Il avait l'impression qu'elle le surveillait, qu'elle projetait par intermittence des faisceaux exploratoires pour s'assurer que tout allait bien.

Au début, cela ne fit que l'amuser. Il rigolait doucement et se remettait au travail.

Mais lorsque ces coups de sonde adoptèrent un rythme fâcheusement régulier, il commença à se tortiller dans son fauteuil. Puis il s'aperçut qu'il se raidissait pour les guetter quelques secondes avant leur arrivée.

À la fin de la matinée il les repoussait consciemment. Jetant son stylo sur le bureau, il ordonnait rageusement à la Gnee de le laisser travailler en paix. Alors ses pensées s'interrompaient, contrites, pour revenir bientôt comme des bestioles rampantes qui s'insinuaient furtivement en lui, insensibles aux insultes.

Cela commença à lui taper sur les nerfs. Il sortit du bureau et déambula dans l'entrepôt, ouvrant des ballots et vérifiant leur contenu avec des gestes impatients. Les pensées le suivaient fidèlement. « Comment va ? » lui lançait le contremaître chaque fois que Lindell passait devant lui, ce qui ne faisait que l'exaspérer davantage.

À un moment, alors qu'il était penché sur un ballot, il se redressa brusquement et dit à voix haute : *« Va-t'en ! »*

Le contremaître décolla du sol de trente centimètres, lâcha son crayon et sa planchette, et courut s'abriter derrière un pilier, fixant un regard terrifié sur Lindell. Celui-ci fit semblant de n'avoir rien remarqué.

Plus tard, ayant réintégré le bureau, il se mit à réfléchir, le registre de la station ouvert devant lui.

Pas étonnant que les Gnees mâles ne pratiquent pas la télépathie, se dit-il. Ils savent ce qu'ils ont à y gagner.

Par la cloison vitrée, il regarda les ouvriers qui avançaient pesamment en file indienne.

Et s'ils n'avaient même pas à se soucier de *résister* à la télépathie ? S'ils étaient simplement incapables de communiquer de la sorte ? Savoir s'ils n'avaient pas autrefois cette faculté et si ce n'était pas à cela qu'ils devaient l'état d'abrutissement irrémédiable auquel ils se trouvaient désormais réduits ?

Il pensa à ce que lui avait dit Martin à propos de la supériorité numérique des femmes par rapport aux hommes. Et une expression s'imposa à lui : *matriarcat mental*. Elle le choqua, mais il eut brusquement peur qu'elle ne soit l'expression de la vérité. Cela expliquerait pourquoi ses prédécesseurs avaient craqué. Car si les femmes possédaient la suprématie, il se pouvait fort bien que, dans leur soif naturelle de domination, elles ne fassent pas de différence entre les hommes de leur espèce et ceux de la Terre. Un homme reste un homme. Il tressaillit d'indignation à l'idée qu'on puisse le placer sur le même plan que les crétins qui habitaient le village.

Il se leva d'un bond. Je n'ai pas faim, se dit-il. Absolument pas. Mais je vais retourner à la maison et lui donner l'ordre de me préparer à manger tout en lui signifiant que je n'ai pas faim. Qu'elle apprenne à être dominée à son tour. Comme ça, elle me fichera la paix. Bon sang, ce n'est pas une Gnee aux yeux proéminents qui me fera plier.

Il cligna des yeux et s'empressa de se détourner quand il s'avisa qu'il regardait fixement le mur labouré de coups de griffes. Et la ceinture dépourvue de sa boucle qui traînait toujours sous le lit de camp.

Encore le même rêve. Qui lui lacérait la cervelle. L'inondait de sueur. Il se dressa sur le lit en laissant échapper un gémissement et se réveilla d'un seul coup, scrutant l'obscurité.

Il crut voir quelque chose au pied du lit. Il ferma les yeux, secoua la tête et regarda de nouveau. La chambre était vide. Il sentit des pensées envahissantes refluer comme une marée venue d'un autre monde.

Ses poings se crispèrent rageusement. Elle m'a relancé pendant que je dormais, se dit-il. Elle m'a relancé, la saloperie.

Il rejeta les couvertures et se traîna avec appréhension jusqu'au pied du lit.

Impossible de voir quoi que ce soit. Mais les exhalaisons écœurantes s'élevaient du sol en lentes ondulations, comme des serpents qui auraient cherché à se glisser dans ses narines. Il se laissa retomber sur le matelas, suffoquant, l'estomac retourné. Pourquoi ? ne cessait-il de marmonner intérieurement. *Pourquoi,* bon Dieu ?

Il jeta rageusement les fleurs en sa présence et une pluie de pensées suppliantes s'abattit sur lui.

« J'ai dit *non,* il me semble ! » hurla-t-il.

Puis il s'attabla, s'efforçant de se maîtriser. Tu as encore du temps devant toi, se raisonna-t-il. Calme-toi, calme-toi.

Il savait maintenant pourquoi le contrat n'était que de six mois. Ce serait plus que suffisant. Mais je ne craquerai pas, se promit-il. Sûr qu'elle ne craquera pas non plus, alors ménage-toi. *Elle est trop stupide pour craquer,* pensa-t-il délibérément, espérant qu'elle capterait le message.

Ce qui fut apparemment le cas, car ses épaules s'affaissèrent subitement. Et pendant qu'il prenait son petit déjeuner, elle tourna autour de lui comme un spectre craintif, détournant la tête et gardant ses pensées pour elle. Du coup, il eut presque pitié d'elle. Ce n'était sans doute pas sa faute, songea-t-il. Dominer les hommes était seulement une caractéristique innée des femmes gnees.

S'avisant soudain qu'elle projetait de nouveau des pensées tendres, reconnaissantes et larmoyantes, il essaya de se fermer, d'ignorer ces épanchements qui cherchaient à percer son apathie comme des poinçons enrobés de miel.

Toute la journée il travailla d'arrache-pied et remit au contremaître gnee les épices et le grain qui constituaient le salaire des ouvriers, non sans se demander si ce seraient les femmes qui en profiteraient. Où qu'elles puissent être.

Dans la soirée, il mit le magnétophone en marche. « J'enregistre ma voix, dit-il. Je veux m'entendre parler pour pouvoir l'oublier. Je n'ai personne d'autre à qui parler, je m'adresse donc à moi même. Triste situation. Enfin, bref...

» Je suis sur Station Quatre, braves gens. Je m'amuse comme un petit fou et je regrette que vous ne soyez pas à ma place. Oh, ce n'est pas dur *à ce point*, ne vous méprenez pas. Mais je crois savoir ce qui a démoli Corrigan et tous ces pauvres types avant lui. C'est Mamour et son esprit cannibale qui les a dévorés. Mais je vais vous dire une bonne chose : *moi*, je ne me laisserai pas dévorer. Vous pouvez parier là-dessus. Mamour ne me...

» Non, je ne t'ai pas appelée ! Allez, fiche-moi le camp, veux-tu ? Va au cinéma ou n'importe où. Oui, oui, je sais. Dans ce cas, va te coucher. Laisse-moi tranquille, c'est tout. *Tranquille.*

» Et voilà. Autant pour elle. Il faudra qu'elle se lève de bonne heure pour me faire griffer les murs. »

Lindell n'en verrouilla pas moins soigneusement sa porte avant de se mettre au lit. Et il gémit dans son sommeil car le même cauchemar le hanta, la même agitation l'empêcha de trouver la paix et le repos.

Il se réveilla péniblement au milieu de la matinée et, les jambes en coton, alla vérifier la porte. Les doigts gourds, il tripota le verrou. Finalement, il comprit à travers son hébétude qu'il était toujours fermé et, au prix de quelques embardées, il regagna son lit et s'y écroula pour sombrer aussitôt dans un sommeil comateux.

Quand il en émergea un peu plus tard, il y avait des fleurs mauves et nauséabondes au pied du lit, et la porte était toujours fermée.

Il ne put lui demander d'explications car il s'enfuit de la cuisine, le cœur au bord des lèvres, quand elle l'appela *chéri.*

Plus de fleurs ! C'est promis ! crièrent les pensées obstinées de la créature. Il s'enferma à double tour dans la salle de séjour et s'assit au bureau, en proie à une vague nausée. Tiens bon ! ordonna-t-il à son organisme en serrant les poings et les mâchoires.

Manger ?

Elle était derrière la porte, il le savait. Il ferma les yeux. *Va-t'en, laisse-moi tranquille*, lui dit-il.

Je suis désolée, chéri.

« Cesse de m'appeler "chéri" ! » hurla-t-il en assenant un coup de poing sur le bureau. Comme il se retournait dans son fauteuil, la boucle de sa ceinture accrocha la poignée du tiroir. Celui-ci s'ouvrit et ses yeux se posèrent sur le pistogaz. Sans presque en avoir conscience, il tendit la main et en caressa le canon lisse et brillant.

Il referma le tiroir d'un coup sec. Non ! Pas de ça !

Il jeta un coup d'œil à la ronde, ayant soudain le sentiment d'être seul et libre. Il se rua vers la fenêtre et l'aperçut qui s'éloignait d'un pas vif, un panier au bras. Elle va chercher des légumes, se dit-il. Mais qu'est-ce qui l'avait fait partir si précipitamment ?

Bien sûr. Le pistolet. Elle avait dû capter ses pensées meurtrières.

Il soupira et se calma un peu. Il avait l'impression d'être enfin libéré des sucs poisseux et délétères qui lui encombraient la tête.

J'ai encore des atouts dans ma manche, se dit-il, réconforté.

En son absence, il décida d'aller jeter un coup d'œil dans la chambre de la Gnee pour tenter de découvrir le panneau mobile qui lui permettait de s'introduire dans la sienne avec les fleurs. Il s'élança dans le couloir et ouvrit la porte de la petite pièce à peine meublée.

Immédiatement, l'odeur pestilentielle du monceau de fleurs entassé dans un coin l'assaillit. Une main plaquée sur la bouche et le nez, il posa un regard dégoûté sur le mélange de fleurs vivaces et mortes.

Qu'est-ce qu'elles pouvaient bien représenter ? Un témoignage de sollicitude ? Sa gorge se contracta. S'agissait-il de plus que cela ? Il grimaça et se souvint de cette première soirée où il l'avait affublée de ce surnom. Mamour... Qu'est-ce qui lui avait pris de choisir précisément celui-ci dans la multitude de sobriquets possibles ? Il craignait de le savoir.

Il trouva sur le lit un petit tas d'objets dépareillés : un bouton, une paire de lacets cassés, le morceau de papier froissé qu'il lui avait ordonné de jeter. Et une boucle de ceinture portant les initiales B. C.

Mais pas de panneau mobile.

Il alla s'asseoir dans la cuisine devant une tasse de café qu'il se mit à contempler sans y toucher. Elle n'avait aucun moyen de pénétrer dans sa chambre. B. C. – Bill Corrigan. Il fallait faire front, continuer de faire front.

Et le temps de passer. Soudain, il s'avisa qu'elle était rentrée. Pas le moindre bruit ; c'était comme le retour d'un fantôme. Mais il sut qu'elle était là. Un nuage d'émotions la précédait, se précipitant de pièce en pièce tel un jeune chiot excité qui furète un peu partout. Des pensées tourbillonnaient. *Tu vas bien ? Tu n'es pas fâché ? Mamour est rentrée...* Une cascade de pensées qui s'accrochaient impatiemment à lui.

Elle entra en trombe, si brusquement que les doigts de Lindell tressaillirent et qu'il renversa la tasse de café. Le liquide brûlant éclaboussa sa chemise et son pantalon au moment où il faisait un bond en arrière, expédiant sa chaise par terre.

Elle posa son panier et, s'armant d'une serviette, entreprit d'éponger les taches. Elle ne l'avait jamais approché d'aussi près. Ne l'avait même jamais touché si ce n'était à l'occasion de leur poignée de main, le jour de son arrivée.

Il émanait d'elle un arôme qui coupa la respiration de Lindell. Et sans trêve, ses pensées lui caressaient l'esprit comme ses mains semblaient caresser son corps.

Là. Là... je suis avec toi.

David chéri.

Au bord de l'horreur, il contempla sa peau rose et spongieuse, ses yeux démesurés, la plaie minuscule que formait sa bouche.

Et ce matin-là, au bureau, il commit trois erreurs d'affilée dans ses comptes, déchira la page du registre et la lança au loin en s'étranglant de rage.

L'éviter. Il ne servait à rien de la rabrouer. Il s'efforça de faire le vide dans son esprit de façon que les pensées de la Gnee ne puisse y élire domicile. S'il atteignait un état de décontraction mentale suffisant, elles passeraient sans s'arrêter. Peut-être en érodant sa volonté au passage, mais c'était un risque à courir.

Et s'il travaillait dur, se bourrait le crâne d'une masse indigeste de chiffres, il la tiendrait à distance et ses mains ne trembleraient plus aussi fort.

Je devrais peut-être dormir dans le bureau, songea-t-il.

Puis il tomba sur la note de Corrigan.

C'était un simple morceau de papier glissé entre deux pages du registre avec lesquelles elle se confondait. Il ne la trouva que parce qu'il les tournait une à une, lisant les dates à haute voix pour tenir son esprit occupé.

Dieu me vienne en aide, disait la note rédigée à l'encre noire d'une écriture irrégulière, *Mamour passe à travers les murs !*

Les yeux de Lindell s'écarquillèrent. *J'ai vu la chose,* insistait Corrigan. *Je suis en train de perdre la raison. Toujours ce maudit esprit bestial qui me harcèle et me tourmente. Et maintenant je ne peux même pas la tenir physiquement à distance. J'ai dormi ici mais elle est quand même venue. Et je...*

Lindell relut la note et eut l'impression qu'un souffle de vent attisait les feux de la terreur. *À travers les murs.* Ces mots le tuaient. Était-ce possible ?

Et c'était Corrigan qui l'avait baptisée Mamour. Dès le départ, c'était elle qui avait décidé de leurs rapports. Lindell n'y était pour rien.

« Mamour », murmura-t-il, et aussitôt les pensées de la Gnee l'enveloppèrent telles les ailes d'un charognard fondant du ciel. Il agita les bras et hurla : « Laisse-moi tranquille ! »

Et comme la présence fantomatique se retirait, il eut l'impression que c'était moins craintivement, avec la patience de ceux qui connaissent l'étendue de leur force.

Il s'affala dans son fauteuil, épuisé, soudain vidé de toute énergie. Il froissa le billet de Corrigan en pensant aux éraflures sur le mur.

Et il eut cette vision : Corrigan s'agitant sur le lit de camp, brûlant de fièvre, se redressant avec un cri de terreur en la voyant devant lui. Et puis... *Et puis quoi ?* Là, c'était le noir.

Lindell passa une main tremblante sur son visage. Tiens bon, se dit-il. Mais c'était plus une supplication apeurée qu'un ordre. Le brouillard dévastateur de la prémonition le submergeait de ses vagues glaciales. *Elle passe à travers les murs.*

Cette nuit-là, il vida dans le lavabo du cabinet de toilette la boisson qu'elle lui préparait régulièrement. Il verrouilla sa porte et, toutes lumières éteintes, s'accroupit dans un coin de la chambre, aux aguets, respirant par saccades.

Le thermostat abaissa la température. Le plancher devint glacial et Lindell commença à claquer des dents. Je ne me mettrai pas au lit, se jura-t-il rageusement. Il ne savait pas pourquoi, mais voilà que son lit lui faisait peur. Comment ça se fait ? se força-t-il laborieusement à penser, parce qu'il avait la vague impression qu'il le savait bel et bien tout en refusant de l'admettre, ne serait-ce qu'une seconde.

Mais après des heures de vaine attente, il ne put faire autrement que de se mettre debout au prix de quelques craquements dans ses articulations et de regagner péniblement son lit. Il se glissa sous les couvertures et, tout tremblant, s'efforça de rester éveillé. Elle va venir dès que je serai endormi, songea-t-il. Il ne faut pas que je m'endorme.

Lorsqu'il se réveilla le lendemain matin, il y avait des fleurs pour lui sur le sol. Un autre jour commençait, précédant une multitude d'autres qui allaient s'agglutiner en mois.

On peut s'habituer à l'horreur, se disait-il. Quand elle a perdu sa soudaineté, que son mordant s'est émoussé et qu'elle est devenue pain quotidien. Quand elle s'est réduite à une chaîne d'événements qui finissent par engourdir l'esprit. Quand les chocs sont devenus des bistouris qui ne cessent de se planter dans de délicats ganglions jusqu'à ce que ceux-ci aient perdu toute sensibilité.

Mais si ce n'était plus de la terreur, c'était pire. Car les nerfs à vif de Lindell ne faisaient couler en lui que de la rage. Il se battait jusqu'à la dernière seconde, de toute sa volonté, la rembarrant, lui décochant des flèches brûlantes de haine de toute la force de son esprit harassé – tout en subissant la torture des capitulations de Mamour car elles étaient autant de victoires. Elle revenait toujours à la charge, tel un chat exaspérant frottant sans trêve contre lui ses flancs flagorneurs, le remplissant de pensées – *oui, avoue-le !* vociférait-il intérieurement au cours de ses combats nocturnes...

De pensées d'*amour*.

Et il y avait le courant sous-marin, la promesse d'un nouveau choc qui renverserait son édifice déjà vacillant. Celui-ci n'avait pas besoin de grand-chose pour s'écrouler – une poussée, un coup de couteau, un coup de marteau, une goutte de plus.

La menace informe planait au-dessus de lui. Il l'attendait, se préparait à l'affronter cent fois en l'espace d'une heure, surtout la nuit. Aux aguets. Toujours aux aguets. Et parfois, quand il croyait savoir ce qu'il attendait, il en frissonnait, était pris de l'envie de griffer les murs, de tout casser autour de lui et de courir jusqu'à ce que les ténèbres l'engloutissent.

Si seulement il parvenait à l'oublier, songeait-il. Oui, si tu pouvais l'oublier un instant, rien qu'un instant, ce serait parfait.

Voilà ce qu'il marmonnait entre ses dents en installant l'appareil de projection dans la salle de séjour.

Je peux voir ? Elle l'implorait depuis la cuisine.

« Non ! »

Désormais, toutes les réponses de Lindell, articulées ou simplement pensées, ressemblaient aux répliques hargneuses d'un vieillard grincheux. Si seulement ces six mois pouvaient vite arriver à leur terme. Malheureusement, les jours ne passaient pas assez vite. Le temps avait ceci de commun avec elle qu'on ne pouvait ni le raisonner ni l'intimider.

Il y avait bon nombre de bobines sur l'étagère. Mais sa main en saisit une sans hésitation. Il ne s'en rendit même pas compte ; son esprit était devenu insensible aux suggestions.

Il mit la bobine en place et éteignit. S'assit avec un soupir de lassitude tandis qu'un cône de lumière laiteuse, tremblotante, inondait l'écran, faisait apparaître des images.

Un homme maigre, la barbe noire, posait, les bras croisés, un sourire de commande aux lèvres. Il s'approcha de la caméra. Un reflet de soleil brouilla l'image une seconde. Passage au noir. Un titre : *Autoportrait*.

Le barbu, pommettes saillantes, yeux brillants, riait, inaudible. Il leva le bras, désignant quelque chose. Panoramique. Lindell se raidit.

C'était la station.

On était apparemment en automne. En effet, comme la caméra pivotait pour montrer la maison, le village, tressautant un instant comme si elle changeait de main, Lindell remarqua que les arbres étaient entourés de monceaux de feuilles mortes. Frissonnant, il attendait quelque chose, mais quoi ? Il ne savait pas exactement.

Retour au noir. Nouveau titre en lettres blanches, sans recherche aucune. *Jeff au bureau.*

L'homme regardait la caméra avec un sourire idiot, le noir de sa barbe faisant ressortir la blancheur de sa peau.

Fondu enchaîné. Vision de l'homme en train de danser dans l'entrepôt vide, les mains en l'air, ses cheveux noirs s'agitant sur son crâne.

Autre titre éclair. Lindell se raidit dans son fauteuil, le souffle coupé.

Titre : *Mamour.*

Le visage répugnant de la Gnee apparut en noir et blanc. Elle se tenait devant la fenêtre de la chambre de Lindell, ses traits figés en une expression de ravissement. Oui, c'était incontestablement du ravissement. Avant, face au rictus qui transformait sa bouche, en une plaie à vif, face à ses yeux grotesques au regard fixe, il l'aurait prise pour une folle furieuse.

Elle se retourna en faisant tourbillonner sa robe. Il vit ses chevilles boursouflées et son estomac se noua.

Elle s'approcha de la caméra, ses paupières tombant comme une taie sur ses yeux. Les mains de Lindell furent prises d'un violent tremblement. C'était son rêve. Il en était malade. Son rêve dans les moindres détails. Sauf que ce n'avait jamais été un rêve – en tout cas pas un rêve né de son esprit.

Un sanglot lui noua la gorge. Elle retirait sa robe. *Ça y est !* hurla-t-il intérieurement, pris de panique. Il gémit et tendit une main tremblante pour éteindre le projecteur.

Non.

Une injonction sèche dans l'obscurité. *Regarde-moi,* ordonna-t-elle. Paralysé par l'horreur, à la fois fasciné et écœuré, il vit la robe se détacher de son cou, glisser le long des épaules rondes. Elle se trémoussa sensuellement. La robe se tassa en plis lourds à ses pieds.

Il poussa un hurlement.

En écartant les bras, il renversa le projecteur brûlant qui se fracassa par terre. La pièce se retrouva plongée dans le noir. Il se remit tant bien que mal sur ses pieds et la traversa en titubant. *Jolie ? Jolie ?* La question le harcelait impitoyablement tandis qu'il tâtonnait à la recherche de la porte. Il la trouva, se rua dans le couloir.

La porte du réduit où elle couchait s'ouvrit. Elle apparut

dans l'encadrement, à demi éclairée, sa robe dénudant une épaule lisse.

Il s'immobilisa. « Fous le camp ! » cria-t-il.

Non.

Il s'élança vers elle, les mains tendues, pareilles à des serres, mais la vision de sa chair rose et moite lui fit faire demi-tour. *Oui ?* Il eut l'impression d'entendre une sournoise invite monter dans sa voix...

« Écoute ! cria-t-il en se repliant vers la porte de sa chambre. Écoute, il faut que tu t'en ailles, tu comprends ? Va rejoindre ton compagnon ! »

Il se retourna, au comble de l'horreur.

Je suis avec lui en ce moment, disait le message qu'il venait de capter.

Il en resta cloué sur place. Les yeux écarquillés, bouche bée, le cœur battant à grands coups lents, il vit la robe tomber de ses épaules et glisser le long de ses bras.

Il pivota en laissant échapper un cri et claqua la porte derrière lui. Ses doigts tremblèrent sur le verrou. Les pensées de Mamour n'étaient plus qu'une plainte dans sa cervelle. Lui même gémissait de peur et de dégoût tout en sachant que cela ne servait à rien, qu'il ne pourrait pas lui interdire l'entrée de sa chambre.

Des singes jacassaient dans sa tête. Assis en rond, ils lui donnaient des coups de pied dans le crâne. Arrachaient de leurs pattes crasseuses des morceaux de matière grise qu'ils réduisaient en bouillie.

Il se tourna sur le côté en geignant. Je vais devenir fou, songea-t-il. Comme Corrigan, comme tous les autres à l'exception du tout premier, ce dépravé visqueux qui avait tout déclenché, qui avait ajouté un immonde gauchissement à l'esprit dominateur de la Gnee, qui l'avait délibérément baptisée Mamour.

Il se redressa brusquement avec un hoquet de terreur, dirigeant son regard vers le pied du lit. *Elle passe à travers les murs !* clamait son esprit. Mais non, il n'y avait rien. Ses doigts se refermèrent sur les draps. Il sentait la sueur ruisseler de son front et couler le long de l'arête de son nez.

Il se rallongea. Se redressa de nouveau ! Pleurnichant comme un enfant effrayé. Un nuage noir s'affalait sur lui. Elle. Elle. Sanglot. « Non. » Ténèbres. Rien à faire.

Un murmure plaintif. Dormir. Dormir. Le mot palpitait, s'enflait et rétrécissait dans sa tête. C'est le moment. Il le savait, le savait, le sav...

Le couperet qui tombe, la raison décapitée qui se tortille, sanguinolente, dans le panier.

Non ! Il tenta de se relever, mais rien à faire. Dormir. Une noire marée nocturne l'assiégeait, le traquait.

Dormir.

Il retomba sur l'oreiller, prit faiblement appui sur un coude.

« Non. » Ses poumons étaient encroûtés. « Non. »

Il se débattit. C'en était trop. Il exhala un cri gargouillant. Elle balayait sa volonté, la repoussait d'une chiquenaude. Elle mettait désormais toutes ses forces en œuvre, le vidant de son énergie, le terrassant. Il se laissa choir sur l'oreiller, les yeux vitreux, les membres flasques. Exhalant une faible plainte tandis que ses yeux se fermaient... s'ouvraient... se fermaient... s'ouvraient... se fermaient...

De nouveau le rêve. Dément. Mais non. Ce n'était pas un rêve.

Quand il se réveilla, il n'y avait pas de fleurs. Elle avait fini de faire sa cour. Bouche bée, il regarda sans en croire ses yeux l'empreinte d'un autre corps à côté du sien.

Le creux était encore tiède et moite.

Il s'esclaffait bruyamment. Il remplissait son journal intime d'imprécations. Il les traçait en grosses lettres noires, tenant son stylo comme un couteau. Il en couvrait aussi le registre journalier. Il déchirait les bordereaux s'ils n'étaient pas de la bonne couleur. Ses colonnes de chiffres ressemblaient à quelque embrouillamini de pousses végétales. Il lui arrivait de ne pas s'en soucier. La plupart du temps, il ne s'en rendait pas compte.

Les yeux rouges, marmonnant entre ses dents, il rôdait dans l'entrepôt bondé après en avoir verrouillé les portes. Escaladait les ballots pour scruter le ciel vide par la lucarne. Il avait perdu sept kilos. Ne se lavait plus. Une barbe drue lui assombrissait le visage. Elle tenait à ce qu'il en soit ainsi. Elle ne voulait pas qu'il se rase, ni qu'il se lave, ni qu'il respire la santé. Elle l'appelait Jeff.

Tu ne peux rien y faire, se disait-il. Tu ne peux pas gagner parce que tu es régulièrement perdant. Tu ne marques des points que pour battre en retraite, parce que, au moment où tu es trop fatigué pour lutter, elle revient à la charge et force ta citadelle, ton âme.

C'est pourquoi, faisant de l'entrepôt son confident, il murmurait : « Il y a une chose à faire. »

C'est pourquoi, tard le soir, il se glissait dans la salle de séjour et mettait le pistogaz dans sa poche. Bien se garder de faire du mal aux Gnees. Eh bien, c'était une erreur. Tuer ou être tué, telle était l'alternative. C'est pourquoi j'emporte ce pistolet au lit. C'est pourquoi je le caresse en contemplant le plafond. Oui, c'est ça. Il est le roc sur lequel je me repose au cours de mes nuits blanches.

Et il retournait des plans dans sa tête comme un animal affamé qui renifle des pierres plates dans l'espoir d'y débusquer des bestioles.

Et les jours de passer. « La tuer », murmurait-il.

Il hochait la tête et souriait d'un air entendu en tapotant le métal froid. Tu es mon ami, disait-il, mon seul ami. Elle doit mourir, on le sait.

Il élaborait des tas de projets qui se ramenaient tous au même. Il la tua un million de fois en imagination – dans certaines chambres secrètes de son esprit qu'il avait découvertes et ouvertes ; où il pouvait se tapir, ni vu ni connu, et réfléchir en toute tranquillité.

Des bêtes. Il se rendait au village des ouvriers et les observait. Des bêtes. Pas question de finir comme vous. Pas question pas question pas question...

Il s'extirpa tant bien que mal de son fauteuil, les yeux écarquillés, la bave aux lèvres. Les doigts refermés sur le pistolet.

Il ouvrit la porte du bureau à la volée et s'avança d'un pas mal assuré dans les travées séparant les monceaux de marchandises dont la hauteur atteignait désormais celle du plafond. Sa bouche se réduisait à un trait. Il tenait le pistolet pointé devant lui.

Il releva brutalement le loquet d'une lourde porte qu'il fit coulisser. Plongea dans l'océan de lumière et se mit à courir. De la maison s'échappaient des bouffées de terreur qui le réjouirent. Il accéléra. Tomba, trahi par la faiblesse de ses jambes. Le pistolet lui échappa. Il se traîna sur le ventre pour le récupérer et l'épousseta. Cette fois, on va voir, promit-il aux singes qui grouillaient dans sa tête. *Cette fois.*

Il se releva, pris de vertige. Repartit clopin-clopant vers la maison.

Il entendit un grand souffle, un éclat lumineux lui effleura les joues et les yeux. Il leva la tête, cligna des paupières et vit le vaisseau-cargo.

Six mois.

Il laissa choir le pistolet, s'affala à côté et se mit à arracher stupidement des brins d'herbe bleue. Hébété, il regarda le vaisseau descendre, se poser. Des panneaux coulissèrent. Des hommes apparurent.

« Eh bien, dit-il, c'était moins juste. »

Sa voix était à peu près normale, sauf qu'il riait et sanglotait tour à tour en expédiant des coups de poing dans le vide.

« Ça va aller », lui dit-on quand le vaisseau eut redécollé pour la Terre. Et on lui administra une nouvelle dose de calmants pour apaiser ses nerfs hurlants et le faire oublier.

Mais il n'oublia jamais.

LA MAISON ENRAGÉE

Il s'assied à son bureau. Prend un long crayon jaune et se met à écrire sur un bloc. La mine se casse.

Les commissures de ses lèvres s'abaissent. Ses pupilles s'étrécissent au milieu du masque dur de son visage. Calmement, la bouche pincée en une ligne mince pareille à une vilaine balafre, il saisit le taille-crayon.

Après avoir épointé la mine, il remet le taille-crayon dans le tiroir. Recommence à écrire. La pointe se brise à nouveau et le morceau de mine roule sur le papier.

Son visage devient brusquement livide. Une explosion de rage lui noue les muscles. Il injurie le crayon. Le considère d'un œil chargé de haine. Le casse en deux d'un geste brutal et le jette dans la corbeille à papiers en exultant. « Là ! Ça t'apprendra ! »

Il reste crispé sur son siège, les yeux grands ouverts, les lèvres frémissantes. La colère qui le ronge touche à la frénésie, déverse en lui des flots d'acide.

Le crayon brisé gît dans la corbeille. Il est composé de bois, de graphite, de métal et de caoutchouc ; rien que des matériaux morts inconscients de la fureur qu'il a suscitée.

Et pourtant...

Debout à la fenêtre, il regarde calmement dans la rue. Laisse sa tension se relâcher. Il n'entend pas le bruissement qui s'élève de la corbeille pour cesser aussitôt.

Le voici rendu à son état normal. Il s'assied. Prend un stylo.

Il s'installe devant sa machine à écrire.

Il insère une feuille de papier et commence à taper sur les touches.

Il a des doigts larges. Frappe deux touches à la fois. Les deux tiges se coincent et restent en suspens, incapables d'aller plus loin, au-dessus du ruban encreur.

L'air dégoûté, il les sépare d'une pichenette. Elles retombent dans leurs rainures respectives. Il se remet à taper.

Il se trompe de touche. L'ébauche d'une imprécation franchit ses lèvres. Il se saisit de la gomme à encre et entreprend d'effacer la lettre erronée.

Il lâche la gomme, tape à nouveau. Le papier s'est déplacé sur le cylindre et les mots qui suivent se trouvent légèrement décalés vers le haut. Il ferme un poing, ignore l'incident.

Le chariot se bloque. Un tressaillement lui secoue les épaules et il abat son poing sur la barre d'espacement en proférant un juron. Le chariot bondit, la sonnerie tinte. Il repousse le chariot, qui va brutalement cogner sur sa butée.

Il tape plus vite. Trois lettres se coincent. Il serre les dents et laisse échapper un gémissement de rage impuissante. Il tire sur les tiges. Elles restent agglutinées. Les crochetant de ses doigts tremblants, il les sépare de force. Elles retombent. Il s'aperçoit que ses doigts sont maculés d'encre. Crache des injures à haute voix, prend à témoin l'air qui l'entoure de la stupidité de la machine.

Il frappe maintenant les touches avec brutalité, ses doigts s'abattent comme des marteaux-pilons. Une autre faute qu'il gomme sauvagement. Il tape de plus en plus vite. Quatre tiges se bloquent.

Il pousse un hurlement.

Il martèle la machine des deux poings. Se saisit de la feuille de papier et l'arrache par morceaux. Froisse le tout dans sa main et en fait une boule qu'il expédie à travers la pièce. Il recentre le chariot et rabat le couvercle.

Il se lève d'un bond et enveloppe la machine d'un regard furieux.

« Espèce d'idiote ! s'écrie-t-il d'une voix aigre, révoltée. Espèce de pauvre crétine demeurée ! »

Il laisse éclater son mépris. Continue de parler en s'échauffant de plus en plus.

« Tu ne vaux rien. Rien de rien. Je vais te mettre en pièces. Te réduire en morceaux. En bouillie. Te *tuer* ! Espèce de saloperie de machine débile ! »

Il tremble de tout son corps. Et, au tréfonds de sa conscience, il se demande si, dans sa rage, il n'est pas en train de se tuer lui-même, de se laisser démolir par la fureur.

Il tourne les talons et s'éloigne à grands pas. Trop hors de lui pour voir le couvercle de la machine achever de se mettre en place et entendre la légère vibration des touches dans leurs logements.

Il se rase. Le rasoir coupe mal. Ou il est trop affilé et coupe trop bien.

Dans les deux cas un juron étouffé fuse de ses lèvres. Il jette le rasoir par terre et l'envoie d'un coup de pied contre le mur.

Il se nettoie les dents. Passe un bout de fil dentaire dans un intervalle. Celui-ci s'effiloche. Un petit morceau reste coincé. Il essaie de le déloger avec un autre bout de fil. N'y parvient pas. Le fil se casse entre ses doigts.

Il se met à crier après l'homme qui lui fait face dans le miroir et secoue violemment la main, expédiant le fil contre le mur. Où il se met à pendre, oscillant sous le souffle chargé de colère qui lui arrive dessus.

Il arrache un autre bout de fil, auquel il a décidé de donner une nouvelle chance. Il contient sa fureur. Si le fil dentaire sait ce qui est bon pour lui, il va pénétrer entre les dents et chasser aussitôt l'effilochure récalcitrante.

Ce qu'il fait. L'homme se calme. La rage qui bouillonnait en lui s'apaise, le feu retombe, les cendres s'éparpillent.

Mais la colère est toujours là, latente. Au nom de la loi primordiale de la conservation de l'énergie.

Il mange.

Sa femme place un steak devant lui. Il prend la fourchette et le couteau et entreprend de découper la viande. Celle-ci est dure, la lame du couteau émoussée.

Le rouge lui monte aux joues. Ses yeux se plissent. Il appuie plus fort sur le couteau. Qui n'arrive pas à entamer la viande.

Ses yeux s'écarquillent. La tempête couve, le fait trembler. Il fait aller et venir le couteau sur la viande comme pour lui donner une dernière occasion de céder.

Mais elle ne cède pas.

Il hurle. « *Saloperie !* » Sans desserrer les dents. Le couteau vole à travers la pièce.

La femme apparaît, le front barré de rides d'inquiétude. Son mari est à nouveau hors de lui. Il s'empoisonne les artères. Laisse une fois de plus échapper un nuage de fureur animale qui va s'accrocher un peu partout. Flotte sur le mobilier, ruisselle des murs.

Comme quelque chose de vivant.

Ainsi en est-il au long des jours et des nuits. Sa colère tournoie dans la maison comme une hache en folie, s'abattant sur tout ce qu'il possède. Des jets d'hystérie fusent, obscurcissant les fenêtres, retombant sur le sol. Des océans de haine sauvage inondent chaque pièce, emplissent le moindre recoin d'une vie mouvante, palpitante.

Allongé sur le dos, il regardait le plafond semé de taches de soleil.

Le dernier jour, se disait-il. La phrase lui trottait dans la tête depuis son réveil.

Dans la salle de bains il entendait l'eau couler. L'armoire de toilette que l'on ouvrait et refermait. Les mules de sa femme qui se déplaçaient sur le carrelage.

Sally, songea-t-il, ne me quitte pas.

« Si tu restes, je me calmerai », promit-il en un murmure à l'air environnant.

Mais il savait qu'il en était incapable. C'était trop dur. Il était plus facile de sortir de ses gonds, plus facile de crier, de tempêter, d'agresser.

Il se tourna sur le côté et regarda dans le couloir, en direction de la salle de bains. Il voyait le rai de lumière sous la porte. Sally est là, se dit-il. Sally, ma femme, que j'ai épousée il y a des années, quand j'étais jeune et plein d'espoir.

Brusquement, il ferma les yeux et serra les poings. Ça revenait. Ce mal qui annonçait un surcroît de violence chaque fois qu'il en était saisi. Le mal qui avait nom désespoir, ambitions perdues. Qui détruisait tout. Jetait un voile d'amertume sur tous ses faits et gestes. Gâchait l'appétit, le sommeil, l'affection.

« Peut-être que si on avait eu des enfants... », murmura-t-il tout en sachant que ce n'était pas la réponse.

Des enfants. Quelle joie pour eux de voir leur pauvre type de père s'enfoncer chaque jour davantage dans l'abîme de son délire introspectif !

Bon, vint le torturer son esprit, récapitulons les faits. Serrant les dents, il essaya de faire le vide. Mais, comme ces demeurés au regard éteint, une voix intérieure ressassait les mots qu'il marmonnait pendant des nuits entières d'un sommeil agité.

J'ai quarante ans. Je suis professeur de lettres à Fort College. Autrefois j'espérais devenir écrivain. Je pensais que c'était l'endroit idéal pour cela. Je donnerais mes cours une partie de la journée et écrirais le reste du temps. J'y ai rencontré Sally et je l'ai épousée. Je croyais que tout irait comme sur des roulettes. Que le succès était inévitable. Il y a dix-huit ans de ça.

Dix-huit ans.

Comment, pensa-t-il, marque-t-on le passage de presque deux décennies ? Le temps ressemblait à un bloc informe de vains efforts, de nuits passées dans l'angoisse ; un bloc recelant le secret, la réponse, la révélation qui lui restaient inaccessibles. Se balançaient au-dessus de lui comme un bout de fromage dessinant un arc exaspérant au-dessus de la tête d'un rat fou furieux.

Et le ressentiment qui faisait son chemin. Les journées passées à voir Sally acheter la nourriture et les vêtements, payer le loyer avec le maigre salaire qu'il touchait. À la voir acheter de nouveaux rideaux ou de nouvelles housses pour les fauteuils et à éprouver chaque fois un élancement parce que cela l'éloignait d'autant plus du moment où il pourrait écrire à plein temps. Chaque centime qu'elle dépensait était comme un coup porté à ses aspirations.

Il se forçait à penser ainsi. Il se forçait à croire que seul le temps lui manquait pour écrire quelque chose de valable.

Mais un jour un étudiant furieux lui avait crié : « Vous n'êtes qu'un écrivain raté qui se cache derrière un bureau ! »

Il s'en souvenait. Dieu, comme il se souvenait de ce moment ! Du malaise glacé qui l'avait saisi quand ces paroles avaient atteint son cerveau. Du tremblement incontrôlable de sa voix.

À la fin du semestre, il avait recalé l'étudiant en question malgré ses bonnes notes. L'affaire avait fait du bruit Le père était venu se plaindre et tout le monde s'était retrouvé devant le professeur Ramsay, directeur du département de littérature anglaise.

Cette scène aussi il la revoyait ; tout juste si elle ne chassait pas toutes les autres. Lui, assis d'un côté de la table de conférence, confronté au père en colère et au fils. Le professeur Ramsay qui se caressait la barbe à n'en plus finir, au point qu'il devait se retenir de ne pas lui lancer quelque chose à la figure. Bon, avait enfin déclaré Ramsay, essayons d'éclaircir un peu cette histoire.

Ils avaient consulté le registre et constaté que l'étudiant disait vrai. Le professeur Ramsay avait levé vers lui un regard surpris. « Eh bien, je ne vois pas ce qui... », avait-il dit avant de laisser sa voix onctueuse se perdre dans les sables et de le regarder avec insistance, comme en quête d'une explication.

Et l'explication avait été lamentable, embrouillée et ridicule. Attitude irresponsable, avait-il avancé, insolence, comportement inadmissible. Aucun sens moral. Et le professeur Ramsay, son cou épais virant à l'écarlate, de lui rétorquer sans ambages que la valeur morale n'était pas un critère d'évaluation à Fort College.

Il y avait eu autre chose, mais il l'avait oublié. Il s'était efforcé de l'oublier. Mais il ne pouvait oublier que des années s'écouleraient avant qu'il puisse obtenir le titre de professeur. Ramsay veillerait à lui mettre des bâtons dans les roues. Et son salaire continuerait d'être insuffisant, les factures de s'accumuler, et il n'arriverait jamais à écrire.

Il regagna le présent pour se retrouver en train d'agripper les draps, les doigts tétanisés, fixant un regard haineux sur la porte de la salle de bains. Vas-y ! lança-t-il intérieurement, débordant de rancune. Va retrouver ta précieuse mère. Pour ce que ça me fait ! Pourquoi une séparation provisoire ? Qu'elle soit définitive. Que j'aie la paix. Peut-être que je pourrai enfin écrire un peu.

Peut-être que je pourrai enfin écrire un peu.

Cette phrase le rendait malade. Elle ne signifiait plus rien. Comme un mot répété à l'infini jusqu'à se transformer en charabia, elle était usée jusqu'à la corde. Elle avait l'air ridicule, tel un cliché sorti de quelque feuilleton télévisé. « Maintenant, sapristi, je vais peut-être enfin écrire un peu », dit le héros d'un air inspiré. Absurde.

L'espace d'un instant, toutefois, il se demanda si ce n'était pas vrai. Maintenant qu'elle s'en allait, est-ce qu'il ne pourrait pas cesser de penser à elle et s'atteler vraiment au travail ? Démissionner de son poste d'enseignant ? Aller ailleurs, prendre une petite chambre meublée et écrire ?

Tu as 123,89 dollars en banque, l'informa son esprit. Il feignait de croire que c'était la seule chose qui l'empêchait d'agir ainsi. Mais au fond de lui, il se demandait s'il pourrait écrire où que ce soit. La question se posait souvent à lui au moment où il s'y attendait le moins. Tu as quatre heures à ta disposition tous les matins, s'élevait une voix intérieure pareille à un spectre menaçant. Tu as le temps d'écrire des milliers de mots. Pourquoi ne le fais-tu pas ?

Et la réponse se perdait toujours dans un océan de parce que, de eh bien et de raisons sans fin, auxquelles il se raccrochait comme un homme en train de se noyer à des fétus de paille.

La porte de la salle de bains s'ouvrit et sa femme en sortit, vêtue de sa robe rouge des grandes occasions.

Sans raison apparente, il s'avisa soudain qu'elle portait cette robe depuis plus de trois ans, qu'il ne lui en avait pas vu une nouvelle de tout ce temps. Cela ne fit que l'irriter davantage. Il ferma les yeux en espérant qu'elle ne le regardait pas. Je la déteste, se dit-il. Je la déteste parce qu'elle détruit ma vie.

Il entendit le bruissement de sa robe au moment où elle s'asseyait devant la coiffeuse et ouvrait un tiroir. Il garda les yeux fermés, à l'écoute du bruit des stores qui heurtaient doucement l'encadrement de la fenêtre au gré de la brise matinale. Sentit flotter le parfum de Sally.

Il essaya de se représenter la maison constamment vide. De s'imaginer rentrant de ses cours sans que Sally soit là à l'attendre. Une situation qui, d'une certaine façon, paraissait impossible. Et cela le mettait en colère. Oui, songea-t-il, elle me tient. Elle m'a tellement rendu dépendant d'elle pour ce qui est des choses sans véritable importance que j'ai l'illusion de ne pas pouvoir me passer d'elle.

Il changea brusquement de position et la regarda.

« Alors tu t'en vas pour de bon. » Sa voix était d'une parfaite froideur.

Elle tourna la tête. Il n'y avait pas la moindre colère dans son expression. Rien que de la fatigue. « Oui. Je m'en vais. »

Bon débarras. Les mots tentèrent de franchir ses lèvres. Il les jugula. « Je suppose que tu as tes raisons », dit-il.

Elle tressaillit. Un haussement d'épaules traduisant un mélange d'amusement et de lassitude ? Il le crut un instant.

« Je n'ai pas l'intention de discuter avec toi, reprit-il. Tu fais ce que tu veux de ta vie.

— Merci », murmura-t-elle.

Elle attend des excuses, songea-t-il. Elle voulait s'entendre dire qu'il ne la détestait pas, que ses paroles avaient dépassé sa pensée. Que ce n'était pas *elle* qu'il avait frappée mais ses espoirs dénaturés et brisés, le spectacle dérisoire de sa confiance réduite en miettes.

« Et combien de temps va durer cette séparation *provisoire* ? » Le ton était acide.

Elle secoua la tête. « Je n'en sais rien, Chris. Ça dépend de toi.

— De moi. C'est toujours de moi que ça dépend, hein ?

— Je t'en prie, mon ch... Chris. Je ne veux plus discuter. Je suis trop fatiguée pour ça.

— C'est plus facile de faire ta valise et de t'enfuir. »

Elle l'enveloppa d'un regard sombre, plein de tristesse. « De m'enfuir ? Au bout de dix-huit ans, tu m'accuses de ça ? Dix-huit ans passés à te regarder te détruire. Et me détruire par la même occasion. Oh, n'aie pas l'air surpris. Tu sais très bien que tu m'as rendue à moitié folle moi aussi. »

Elle lui tourna le dos et il vit ses épaules frémir. Elle essuya des larmes au bord de ses yeux.

« Ce... ce n'est pas simplement parce que tu m'as frappée, reprit-elle. Comme tu n'arrêtais pas de le dire hier soir, quand je t'ai annoncé que je partais. Crois-tu que ce serait tellement grave si... » Elle respira à fond. « Si ça voulait dire que tu étais fâché contre *moi* ? Si c'était ça, tu pourrais me battre tous les jours. Mais ce n'est pas à moi que tu t'en es pris. Je ne suis rien pour toi. Je suis devenue indésirable.

— Oh, arrête de...

— Non. C'est pour ça que je m'en vais. Parce que je ne supporte plus de te voir me haïr un peu plus chaque jour pour quelque chose dont... dont je ne suis pas responsable.

— Je suppose que...

— Oh ! ne dis plus rien. »

Elle se leva et se précipita hors de la chambre. Les yeux toujours fixés sur la coiffeuse, il l'entendit pénétrer dans le salon.

Ne dis plus rien ? fit-il intérieurement, comme si elle était encore là. Il y a pourtant beaucoup à dire ; beaucoup plus. Tu n'as pas l'air de te rendre compte de ce que j'ai perdu. Tu n'as pas l'air de comprendre. J'avais des espoirs. Grand Dieu, quels espoirs j'avais ! La prose que j'allais écrire décollerait les gens de leur fauteuil, leur couperait le souffle. J'allais leur raconter des choses qu'ils avaient salement besoin de connaître. Et les leur raconter d'une façon tellement divertissante qu'ils ne s'apercevraient même pas que la vérité venait à eux. J'allais créer des œuvres immortelles.

Maintenant, quand je mourrai, je serai mort un point c'est tout. Je suis pris au piège dans ce trou déprimant, enterré dans un lieu de savoir où les gens s'ébahissent devant de la poussière sans savoir qu'il y a des étoiles au-dessus de leur tête. Et qu'est-ce que je peux faire ? Qu'est-ce que je peux... ?

Ses pensées s'interrompirent. Il jeta un regard lamentable sur les flacons de parfum de Sally, sur le poudrier à musique qui jouait *Always* quand le couvercle était levé.

I'll remember you. Always.

With a heart that's true. Always [1].

Des paroles puériles, comiques, se dit-il. Mais sa gorge se serra et il se sentit frissonner.

« Sally », murmura-t-il. Si doucement qu'il entendit à peine sa voix.

Au bout de quelque temps, il se leva et s'habilla.

Pendant qu'il enfilait son pantalon, la carpette glissa sous ses pieds et il dut se retenir à la coiffeuse pour ne pas tomber. Il contempla le sol d'un œil noir, le cœur battant de cette rage absolue qu'il avait appris à rassembler en quelques secondes.

« Saleté », marmonna-t-il.

Il avait oublié Sally. Il avait tout oublié. Il voulait simplement rendre à la carpette la monnaie de sa pièce. D'un violent coup de pied, il l'expédia sous le lit. La colère retomba, disparut. Il secoua la tête. Je suis malade, se dit-il. Il songea à aller trouver Sally pour lui dire qu'il ne se sentait pas bien.

Sa bouche se durcit quand il pénétra dans la salle de bains. Non, je ne suis pas malade, se reprit-il. En tout cas pas physiquement. C'est mon esprit qui est atteint, et elle, elle ne fait qu'aggraver les choses.

Dans la salle de bains régnait une chaleur humide due au passage de Sally. Il entrouvrit la fenêtre et s'enfonça une écharde dans le doigt. Il maudit la fenêtre d'une voix étouffée. Leva les yeux. Pourquoi me retenir de crier ? Pour qu'*elle* ne m'entende pas ?

« Saleté », lança-t-il à voix haute à l'adresse de la fenêtre. Et il s'escrima sur son doigt jusqu'à ce qu'il en ait ôté l'écharde.

1. Je me souviendrai de toi. Toujours.
Mon cœur te sera fidèle. Toujours.

Il tira sur la porte de l'armoire de toilette. Coincée. Son visage s'empourpra. Il tira plus fort. La porte céda brusquement et lui cogna le poignet. Il pivota, s'étreignit le poignet, rejeta la tête en arrière en lâchant un gémissement étranglé.

Il s'immobilisa, les yeux embués par la douleur. Contempla la fissure qui serpentait au plafond. Puis il ferma les paupières.

Et commença à sentir quelque chose. Quelque chose d'intangible. Comme une menace. Il s'interrogea. Bah, ça vient de moi, bien sûr, réagit-il. C'est mon subconscient qui est en plein délabrement. Il me crie après. Me dit : Tu dois être puni d'obliger ta malheureuse épouse à aller se réfugier dans les bras de sa mère. Tu n'es pas un homme. Tu es...

« Oh, la ferme ! » trancha-t-il.

Il se lava les mains et la figure. Fit courir un doigt sur son menton. Il avait besoin de se raser. Il ouvrit avec précaution la porte de l'armoire de toilette et en sortit son rasoir à main. Il l'éleva à hauteur de ses yeux pour l'examiner.

La fente du manche avait dû s'élargir. C'est ce qu'il se dit aussitôt lorsque la lame parut sortir d'elle-même de son logement. Il eut un frisson en la voyant jaillir ainsi, étincelante dans la lumière dispensée par l'armoire de toilette.

Avec un mélange de fascination et de dégoût, il contempla l'acier luisant. Effleura le tranchant de la lame. Un fil redoutable, songea-t-il. Dont le moindre contact avec la chair pouvait se traduire par une entaille. Affreuse perspective.

« *C'est ma main.* »

La phrase lui avait échappé. Il referma brusquement le rasoir. Oui, c'était sa main qui l'avait fait s'ouvrir, il fallait qu'il en soit ainsi. Le rasoir n'avait pas pu agir tout seul. Encore un tour de son imagination malade.

Mais il n'alla pas jusqu'à se raser. Il rangea l'instrument dans l'armoire de toilette avec le vague sentiment d'échapper à un danger.

Que m'importe qu'on doive se raser tous les jours, marmonna-t-il. Je ne tiens pas à risquer que ma main dérape. Mieux vaut que je m'achète un rasoir mécanique. Le style coupe-chou n'est pas pour moi, je suis trop nerveux.

Soudain, suscité par ces derniers mots, le portrait de celui qu'il était dix-huit ans auparavant se présenta à son esprit.

Il se rappela un rendez-vous avec Sally. Se rappela lui avoir expliqué qu'il était d'un calme qui en arrivait à ressembler à la mort. Rien ne m'atteint, avait-il dit. Et c'était vrai à l'époque. Il se rappela aussi lui avoir raconté qu'il n'aimait pas le café, qu'une seule tasse le tenait éveillé toute la nuit. Qu'il ne fumait pas, n'aimait ni le goût ni l'odeur des cigarettes. J'ai envie de rester sain, avait-il dit. Il se souvenait des mots exacts.

« *Et maintenant...* », murmura-t-il face à son reflet amaigri et fatigué.

Maintenant il buvait des litres de café par jour. Qui finissaient par clapoter comme une mare noire dans son estomac et le rendaient aussi incapable de dormir que de voler. Maintenant il fumait cigarette sur cigarette, jusqu'à en avoir les doigts jaunis, la gorge irritée, jusqu'à ne plus pouvoir écrire à la main tellement il tremblait.

Toute cette stimulation ne l'aidait pas à écrire pour autant. Les feuilles de papier demeuraient blanches sur la machine. Les mots ne venaient jamais, les constructions dramatiques avortaient. Les personnages se dérobaient, se moquaient de lui depuis les limbes dont il n'arrivait pas à les faire sortir.

Et le temps passait. Il s'écoulait de plus en plus vite, semblait vouloir le vouer à un châtiment exemplaire. Lui... un homme qui s'était mis à lui accorder une valeur à ce point névrotique qu'il comptait plus que sa vie et que la simple conscience de sa fuite le rendait malade.

Tout en se brossant les dents, il tenta de se rappeler depuis quand il avait commencé à se laisser dominer par ces accès de rage. Mais il n'arrivait pas à remonter à la source. Ça avait commencé quelque part, dans des brumes qu'il était incapable de percer. Par une parole d'énervement, une contraction agacée des muscles. Par un regard d'animosité impossible à situer.

Et à partir de là, comme une amibe qui grossit, la chose s'était développée toute seule, avait suivi sa propre logique perverse, jusqu'à atteindre son sommet actuel. Jusqu'à faire de lui cet homme constamment à cran, aigri, dont la haine était le seul recours.

Il recracha la mousse du dentifrice et se rinça la bouche. Au moment où il reposait le verre, celui-ci s'ébrécha et un éclat se planta dans sa main.

« Saloperie ! » hurla-t-il.

Il fit demi-tour et serra le poing. Pour le rouvrir aussitôt, son geste ayant eu pour effet de faire pénétrer l'éclat de verre dans sa paume. Il s'immobilisa, les larmes aux yeux, haletant.

Il pensa à Sally qui devait l'écouter, avoir une fois de plus la preuve de son dérèglement nerveux.

Arrête ! s'ordonna-t-il. Tu ne parviendras jamais à rien si tu ne te débarrasses pas de cette irascibilité.

Il ferma les yeux. Se demanda un instant pourquoi tout avait l'air de lui arriver en même temps. Comme si une puissance vindicative avait pris racine dans la maison et insufflait une vie sauvage aux objets inanimés. Le menaçait. Mais cette pensée ne fut que passagère, simple fantôme vaguement entrevu au milieu du déferlement désordonné de ses ruminations – perçu mais en dehors de toute appréciation.

Il retira l'éclat de verre de sa paume. Mit sa cravate noire.

Puis il passa dans la salle à manger en consultant sa montre. Déjà dix heures et demie. Plus de la moitié de la matinée de passée. Plus de la moitié du temps qu'il aurait pu employer à essayer d'écrire cette prose qui décollerait les gens de leur fauteuil, leur couperait le souffle.

Cela lui arrivait désormais plus souvent qu'il ne voulait l'admettre. Il se levait tard, sortait faire des courses, s'occupait à n'importe quoi pour repousser le terrible moment où il devait s'asseoir devant sa machine à écrire et tenter d'arracher une moisson au désert grandissant de son esprit.

C'était chaque fois plus difficile. Et chaque fois sa colère était plus grande ; et plus grande sa haine. Sans qu'il s'aperçoive, sinon maintenant qu'il était trop tard, que Sally avait atteint le dernier stade de la détresse et ne pouvait plus supporter cette colère et cette haine.

Assise à la table de la cuisine, elle buvait du café noir. Elle aussi en absorbait davantage qu'autrefois. Comme lui, elle le prenait sans lait ni sucre. Ce qui lui mettait les nerfs en pelote à elle aussi. Et il y avait désormais un an qu'elle fumait, elle qui n'avait jamais touché à une cigarette jusque-là. Elle n'en retirait aucun plaisir. Elle s'emplissait les poumons de fumée pour la rejeter aussitôt. Et elle avait les mains qui tremblaient presque autant que les siennes.

Il se versa une tasse de café et s'assit en face d'elle. Elle fit un mouvement pour se lever.

« Qu'est-ce qu'il y a ? Tu ne peux même plus supporter de me voir ? »

Elle se rassit, tira une grande bouffée de la cigarette qu'elle avait à la main. Puis elle l'écrasa sur sa soucoupe.

Il se sentait mal. Il avait soudain envie de quitter cette maison. Elle lui paraissait étrangère, hostile. Il avait l'impression que Sally avait renoncé à tous ses droits sur elle, en était déjà partie. La caresse de ses doigts, les complaisances aimantes qu'elle avait prodiguées à chaque pièce, tout avait disparu, plus rien n'était tangible parce qu'elle s'en allait. Elle abandonnait les lieux, et du coup, ce n'était plus leur maison. C'était là une sensation qui s'imposait à lui irrésistiblement.

S'appuyant au dossier de sa chaise, il écarta sa tasse et fixa la toile cirée jaune qui recouvrait la table. Il avait l'impression que Sally et lui étaient figés dans le temps ; que les secondes s'étiraient comme une fantastique pâte à berlingots jusqu'au point où chacune d'elles semblait durer une éternité. Le tic-tac de la pendule était plus lent. La maison était une autre maison.

« Quel train prends-tu ? » demanda-t-il tout en sachant pertinemment qu'il n'y avait qu'un train dans la matinée.

« Celui de 11 h 47. »

Quand elle prononça ces paroles, il lui sembla que son estomac allait se plaquer contre sa colonne vertébrale. La réelle douleur qui en résulta fut si vive qu'il en suffoqua. Elle leva les yeux vers lui.

« Je me suis brûlé », s'empressa-t-il de dire, et elle se leva pour aller déposer sa tasse et sa soucoupe dans l'évier.

Pourquoi ai-je dit ça ? se demanda-t-il. Pourquoi ne pas lui avouer que j'ai réagi ainsi parce que je suis rempli de terreur à l'idée qu'elle me quitte ? Pourquoi je n'arrête pas de dire des choses que je ne pense pas ? Je ne suis pas méchant. Mais chaque fois que je parle, c'est pour construire autour de moi un mur de haine et d'amertume de plus en plus haut, une espèce de prison dont je ne peux plus m'échapper.

C'est avec des mots que j'ai tissé le linceul dans lequel je serai enterré.

Il regarda le dos tourné de Sally et eut un pâle sourire. C'est seulement quand ma femme me quitte que les mots me viennent. Quelle tristesse.

Sally sortit de la cuisine. Il retomba dans sa morosité. On joue à « Je donne l'exemple ». Elle entre dans une pièce, la tête haute, épouse sûre de son bon droit, innocente victime. Et moi, je suis censé suivre, la tête basse, la mine contrite, un tombereau d'excuses à la bouche.

Cette vision ranima sa colère et il se raidit jusqu'à trembler de tous ses membres. Il s'efforça de se détendre et pressa sa main gauche sur ses yeux, essayant de noyer sa détresse dans le silence et l'obscurité.

Mais sans résultat.

Puis la cigarette qu'il avait allumée le brûla vraiment et il se redressa d'un bond. La cigarette tomba par terre en répandant de la cendre. Il se pencha pour la ramasser. La lança vers la poubelle et manqua son but. Et merde ! Il se leva et jeta dans l'évier sa tasse et sa soucoupe. Celle-ci se cassa en deux et lui entailla le pouce droit. Il le laissa saigner. Peu lui importait.

Elle était dans l'autre chambre, en train d'achever de faire ses bagages.

L'autre chambre. Ces mots le torturaient à présent. Quand avaient-ils cessé de l'appeler « la nursery » ? Quand Sally avait-elle commencé à être rongée de l'intérieur par un débordement d'amour, un furieux désir de maternité ? Et lui, quand avait-il commencé à compenser cette frustration par des sautes d'humeur volcaniques et des crises de nerfs à n'en plus finir ?

Debout sur le seuil, il la regardait. Il avait envie d'aller s'asseoir devant sa machine à écrire pour en faire sortir des rames et des rames de mots. De savourer sa liberté imminente. Tout l'argent qu'il pourrait économiser ! Tout ce qu'il avait toujours voulu écrire et qui allait bientôt se concrétiser !

Mais non, il restait là, au bord de la nausée.

Tout cela est-il possible ? l'interrogeait une voix intérieure. Était-il possible qu'elle s'en aille, là, tout de suite ? Ils étaient quand même mari et femme. Ils avaient vécu dans cette maison, s'y étaient aimés pendant plus de dix-huit ans. Et voilà qu'elle partait. Rangeait un choix de vêtements dans sa vieille valise noire et partait. Il n'arrivait pas à s'y faire. Il n'arrivait pas à comprendre ça, à faire cadrer ça avec les rituels de la journée. Où cela s'intégrait-il ? Comment était-ce compatible avec le schéma qui voulait que Sally soit là, en train de faire le ménage et la cuisine, de s'employer à rendre leur foyer gai et accueillant ?

Il frissonna et, faisant brusquement demi-tour, regagna la chambre à coucher.

Il s'affala sur le lit et contempla le réveil électrique qui ronronnait doucement sur la table de chevet.

Onze heures passées, constata-t-il. Dans moins d'une heure, il faut que je fasse cours à un groupe d'étudiants de première année complètement idiots. Et sur le bureau du salon, s'entasse une montagne de contrôles que je vais devoir m'appuyer, l'estomac soulevé par leur indigence intellectuelle et leur phraséologie puérile.

Et toutes ces inepties, tous ces kilomètres de prose consternante formaient dans sa tête un écheveau sans fin. Qui se dévidait ensuite dans ce qu'il écrivait lui-même jusqu'à ce qu'il se demande comment il pouvait avoir encore envie de vivre. J'ai digéré le pire, se dit-il. Comment s'étonner que j'exsude ça par petits bouts ?

Retour de la colère, comme un feu couvant en lui qu'auraient attisé de nouvelles pensées. Je n'ai rien écrit ce matin. Comme chaque matin qui vient s'ajouter au précédent à mesure que le temps passe. J'en fais de moins en moins. Je n'écris rien. Ou ce que j'écris n'a aucune valeur. J'étais capable de mieux quand j'avais vingt ans.

Je n'écrirai *jamais* rien de bon.

Il se releva brusquement, tournant la tête en tous sens à la recherche de quelque chose à frapper, à briser, à haïr d'une telle haine que l'objet de cette haine s'en trouverait ratatiné.

La chambre parut s'obscurcir. Il sentit une pulsation. Sa jambe gauche se cogna contre un coin du lit.

Il s'étrangla de rage. En eut les larmes aux yeux. Des larmes de haine, de repentir et d'autoapitoiement. Je suis perdu, pensa-t-il. Perdu. En plein néant.

Il devint très calme. D'un calme de glace. Vidé de toute pitié, de toute émotion. Il enfila son veston, mit son chapeau et prit son porte-documents.

Il s'arrêta devant la porte de la chambre où elle continuait de s'escrimer sur son sac. Bon, elle a de quoi s'occuper, se dit-il, ce qui lui évite de me regarder. Il sentait son cœur battre comme un tambour.

« Amuse-toi bien chez ta mère », dit-il d'un ton détaché.

Elle leva les yeux et vit son expression. Elle se détourna et plaça une main devant ses yeux. Il éprouva soudain le désir de courir vers elle, d'implorer son pardon. De faire en sorte que tout aille mieux entre eux.

Puis sa pensée revint aux pages vides, aux années passées sans écrire. Il fit demi-tour et traversa le salon. Le petit tapis se déroba légèrement à son passage et cela l'aida à se concentrer sur la réserve de colère dont il avait besoin. Il le chassa d'un coup de pied, le projetant contre le mur en un tas informe.

Il claqua la porte derrière lui.

Il bafouillait dans sa tête. Maintenant, comme dans un feuilleton, elle s'est jetée sur le couvre-lit et verse des larmes de martyre. Maintenant elle enfonce ses ongles dans l'oreiller, geint en répétant mon nom et voudrait être morte.

Ses chaussures claquaient à toute allure sur le trottoir. Dieu me vienne en aide, songeait-il. Dieu nous aide tous, pauvres diables qui désirons créer quelque chose et découvrons que nous devons y sacrifier notre cœur faute de pouvoir y consacrer tout notre temps.

C'était une belle journée. Ses yeux l'attestaient, même si son mental refusait de prendre la chose en considération. Les arbres étaient verdoyants, la température douce. Une brise printanière baignait les rues. Il sentait son souffle l'effleurer tandis qu'il se dirigeait vers son arrêt d'autobus.

Arrivé à l'endroit où sa rue rejoignait la grande avenue, il se retourna pour regarder sa maison.

Elle est là-bas, persistait-il à monologuer. Dans cette maison où nous avons vécu plus de dix-huit ans. Elle met la dernière main à ses bagages, pleure ou autre chose. Elle va bientôt appeler un taxi. Qui sera là tout de suite. Le chauffeur klaxonnera, elle mettra son manteau léger et sortira avec sa valise, qu'elle posera sur la véranda. Elle fermera la porte derrière elle pour la dernière fois.

« *Non...* »

Le mot avait jailli malgré lui. Il continua de fixer la maison. Sa tête était douloureuse. Tout tournait autour de lui. Je me sens mal, pensa-t-il.

« Je me sens *mal* ! »

Cette fois, il avait crié. Il n'y avait personne à proximité pour l'entendre. Il ne pouvait détacher ses yeux de la maison. Elle s'en va pour toujours, songea-t-il.

Eh bien, parfait ! Je vais me mettre à écrire, écrire, écrire. Il laissa son cerveau s'imprégner de ce mot répété aux dépens de tout le reste.

Tout homme avait le choix, après tout. Il consacrait sa vie à son travail ou alors à sa femme, ses enfants, son foyer. On ne pouvait pas concilier les deux ; pas par les temps qui couraient. Pas dans ce monde insensé où Dieu passait après le profit et la bonté après la richesse.

Il jeta un coup d'œil de côté et vit l'autobus apparaître en haut de l'avenue. Il coinça le porte-documents sous son bras et fouilla dans la poche de sa veste à la recherche d'un jeton. La poche était trouée. Sally comptait la raccommoder. Elle n'aurait plus l'occasion de le faire. Mais quelle importance ?

Je préfère garder mon âme intacte plutôt que l'étoffe de mes vêtements.

Les mots, les mots, pensa-t-il tandis que l'autobus s'arrêtait à sa hauteur. Ils coulent en moi maintenant qu'elle part. Est-ce la preuve que c'est sa présence qui entrave le flux de ma pensée ?

Après avoir glissé son jeton dans la caisse automatique, il remonta l'autobus sur toute sa longueur. Il passa devant un professeur qu'il connaissait et lui adressa un signe de tête distrait. Il se laissa tomber sur la banquette du fond et s'absorba dans la contemplation du tapis de caoutchouc encrassé.

Quelle belle vie, rumina-t-il. Comme je suis comblé par ma vie et tous les nobles accomplissements qu'elle me permet.

Il ouvrit son porte-documents et se plongea dans l'épaisse brochure dont il avait élaboré les grandes lignes avec l'aide du professeur Ramsay.

Première semaine – 1. *Everyman*. Discussion sur. Explication d'extraits des *Classiques de Première année*. 2. *Beowulf*. Étude de. Débat. Questionnaire de vingt minutes.

Il refourra la liasse de feuillets dans son porte-documents. Tout ça me donne la nausée, songea-t-il. La haine. J'en suis arrivé à vomir les classiques. La seule mention de leur nom commence à me faire horreur. Chaucer, les poètes élisabéthains, Dryden, Pope, Shakespeare. Quelle pire insulte pour un homme que d'en venir à détester ces noms parce qu'il doit en partager des petits bouts avec des lourdauds incapables de les apprécier ? Parce qu'il doit les passer au laminoir pour les mettre à la portée de cancres qui feraient mieux de curer les fossés.

Il descendit de l'autobus dans le centre-ville et commença à descendre la longue pente de la Neuvième Rue.

Tout en marchant, il se sentait comme un vaisseau qui a rompu ses amarres et se trouve livré aux caprices des courants. Il se sentait en marge de la ville, du pays, du monde entier. Si quelqu'un me disait que je suis un fantôme, pensa-t-il, j'aurais tendance à le croire.

Que fait-elle maintenant ?

Il se posait la question pendant que les immeubles défilaient dans un vague brouillard. À quoi pense-t-elle pendant que je suis ici et que la ville de Fort dérive à côté de moi comme un décor de théâtre ? Sur quoi ses mains sont-elles refermées ? Quelle expression arbore son ravissant visage ?

Elle est seule à la maison, dans notre maison. Dans ce qui aurait pu être notre *foyer*. Et qui n'est plus qu'une coquille vide, une boîte garnie de morceaux de bois et de métal. Rien que de la matière inanimée.

En dépit de tout ce que John Morton pouvait raconter.

Lui avec ses feuilles d'or, ses éprouvettes et son Dieu microscope ! Malgré tous ses discours érudits et ses papiers couverts de graphiques, ce n'était guère que de la sorcellerie qu'il professait. Des absurdités. Le genre d'absurdités qui avaient poussé cet âne de Charles Fort à accabler le monde de ses élucubrations. Le genre d'absurdités au nom desquelles un milliardaire loufoque avait fondé cet établissement et fait surgir du sol aride ces énormes structures en pierre pour y loger toute une ménagerie de chercheurs aux yeux hagards perpétuellement en quête de la formule de quelque élixir pendant que d'autres gugusses s'ingéniaient à faire exploser la planète sous leurs pieds.

Décidément, le monde file un mauvais coton, pensa-t-il en passant d'un pas lourd sous le portique qui donnait accès au vaste campus verdoyant.

Son regard se porta sur l'imposant Bâtiment des sciences physiques, dont la façade de granit brillait sous le soleil de cette fin de matinée.

Maintenant elle appelle son taxi. Il consulta sa montre. Non, elle est déjà dans le taxi. En train de rouler dans les rues silencieuses. Elle pénètre dans le quartier commerçant. Passe devant les bâtiments en brique rouge débordants de péquenots et d'étudiants. Traverse ce mélange de sophistication et de rusticité qu'est la ville.

Maintenant le taxi tournait à gauche pour prendre la Dixième Rue. Grimpait la côte. En franchissait le sommet. Amorçait la descente qui conduisait à la gare. Maintenant...

« Chris ! »

Il tourna la tête avec un petit sursaut de surprise et vit le professeur Morton qui sortait par la haute porte du Bâtiment des sciences psychiques.

Nous avons fait nos études ensemble il y a dix-huit ans, songea-t-il. Mais la recherche scientifique ne m'intéressait guère. Je préférais perdre mon temps à étudier la culture des siècles passés. C'est pourquoi je ne suis que maître-assistant, alors que lui est docteur et dirige son département.

Tout cela passa en rafales dans sa tête tandis qu'il regardait Morton s'avancer vers lui en souriant. Il donna à Chris une tape amicale sur l'épaule.

« Salut, fit-il. Comment va la vie ?

— Comment elle va d'habitude ? »

Le sourire de Morton s'effaça. « Qu'est-ce qui se passe, Chris ? »

Je ne vais pas te parler de Sally, pensa-t-il. Plutôt crever. Tu ne sauras rien de ma bouche. « La routine.

— Toujours en bisbille avec Ramsay ? »

Chris haussa les épaules. Morton regarda la grosse horloge au fronton du Bâtiment des sciences psychiques. « Écoute, dit-il. Pourquoi rester plantés ici ? Ton cours n'est que dans une demi-heure, non ? »

Chris ne répondit pas. Il va m'inviter à boire un café, songea-t-il. Il va une fois de plus me gratifier d'une de ses théories à la noix. Il va se servir de moi pour faire tourner son manège mental.

« Allons boire un café », continua Morton en lui prenant le bras. Ils firent quelques pas en silence. « Comment va Sally ?

— Très bien, parvint-il à répondre d'une voix unie.

— Parfait. Oh, à propos, je passerai probablement demain ou après-demain pour récupérer le bouquin que j'ai laissé chez toi jeudi soir.

— Pas de problème.

— Qu'est-ce que tu disais à l'instant à propos de Ramsay ?

— Rien du tout. »

Morton n'insista pas. « Est-ce que tu as repensé à ce que je t'ai dit ?

— Si tu veux parler de cette histoire rocambolesque au sujet de ma maison... non. Je ne lui ai accordé que l'importance qu'elle mérite, c'est-à-dire aucune. »

Ils tournèrent à l'angle du bâtiment et se dirigèrent vers la Neuvième Rue.

« C'est une attitude indéfendable, Chris. Tu n'as pas le droit de douter sans savoir. »

Il eut envie de dégager son bras et de tourner les talons en plantant là Monsieur Bon conseil. Des mots, toujours des mots... Il en avait par-dessus la tête. Il n'avait envie que d'être seul. Se serait presque senti d'humeur à se tirer une balle dans la tête, histoire d'en finir une fois pour toutes. Oui, pensa-t-il, j'en serais capable. Si quelqu'un me tendait un revolver, là, tout de suite, ce serait fait en une seconde.

Ils gravirent les marches en pierre jusqu'au trottoir et, après avoir traversé la chaussée, arrivèrent au Café du campus. Morton tint la porte ouverte à Chris, qui se glissa aussitôt dans un box.

Morton alla chercher deux cafés et s'installa en face de lui.

« Et maintenant, écoute, dit-il en faisant fondre son sucre. Je suis ton meilleur ami. En tout cas je me considère comme tel. Et je m'en voudrais de te regarder te détruire sans rien dire. »

Le cœur de Chris fit un bond. Il déglutit. Chassa les pensées qui lui venaient comme si elles risquaient d'être visibles aux yeux de Morton.

« Laisse tomber, dit-il. Je me fiche de tes preuves. Je ne crois en rien de tout ça.

— Qu'est-ce qu'il faut pour te convaincre, bon sang ? Que tu y laisses d'abord ta peau ?

— Écoute, s'irrita Chris. Je ne crois pas un mot de tout ça, point final. Laisse tomber, tu perds ton temps.

— Enfin, Chris ! Je peux te montrer...

— Tu ne peux rien me montrer !

— C'est un phénomène reconnu », insista Morton sans se départir de sa patience.

Chris le regarda d'un air dégoûté et secoua la tête. « Des premiers communiants en plein délire, voilà ce que vous êtes avec vos blouses blanches dans vos sacro-saints laboratoires. À la longue vous en venez à croire n'importe quoi. Du moment que vous pouvez le mettre en équations.

— Tu vas m'écouter, Chris ? Combien de fois t'ai-je entendu te plaindre de ces échardes que tu prends dans les doigts, de ces portes de placard qui s'ouvrent trop vite, de ces tapis qui glissent ? Combien de fois ?

— Oh, par pitié, tu ne vas pas remettre *ça*. Ou je m'en vais tout de suite. Je ne suis pas d'humeur à supporter tes cours magistraux. Garde-les pour les pauvres crétins qui paient pour les entendre. »

Morton le regarda en secouant la tête. « J'aimerais pouvoir arriver jusqu'à toi.
— N'y compte pas.
— Quoi ? s'offusqua Morton. Tu ne vois donc pas que ton mauvais caractère te met en danger ?
— Puisque je te dis...
— Où crois-tu que vont tes explosions de colère ? Tu penses qu'elles disparaissent ? Non. Elles subsistent. Elles contaminent ta maison, tes meubles, l'air que tu respires. Elles contaminent Sally. Elles rendent tout malade, toi compris. Elles prolifèrent à tes dépens. Elles établissent un lien entre l'animé et l'inanimé. *Psychobolie*. Oh, ne prends pas cet air excédé, comme un enfant qui ne supporte pas d'entendre le mot *épinard*. Reste assis, je te prie, et comporte-toi en adulte. »

Chris alluma une cigarette et laissa la voix de Morton se dévider en un bourdonnement inintelligible. Il jeta un coup d'œil à l'horloge murale. Midi moins le quart. Dans deux minutes, si l'horaire était respecté, le train de Sally s'ébranlerait et l'emporterait loin de la ville de Fort.

« Je te l'ai déjà dit je ne sais combien de fois, continuait Morton, personne ne sait de quoi est faite la matière. Atomes, électrons, énergie pure... ce ne sont là que des mots. Qui sait où ça s'arrêtera ? Nous spéculons, échafaudons des théories, élaborons des systèmes de mesure. Mais nous ne savons rien.

» Et il ne s'agit que de la matière. Pense au cerveau humain et à ses capacités encore inconnues. C'est un continent dont on n'a pas encore dressé la carte, Chris. Une situation qui risque de durer encore longtemps. Et pendant tout ce temps, les pouvoirs que nous soupçonnons continueront de nous affecter et, peut-être, d'affecter la matière ; même si nous ne pouvons pas mesurer dans quelle proportion.

» Et ce que je te dis, c'est que tu empoisonnes ta maison. Je dis que ta mauvaise humeur s'est incrustée dans sa structure, dans chaque objet que tu touches. Ils sont tous influencés par toi et tes rages incontrôlables. Et je crois aussi que si la présence de Sally n'agissait pas comme un abortif... bon, il se pourrait bien que tu te retrouves agressé par... »

Chris avait entendu les dernières phrases. « Oh, arrête ton charabia, s'écria-t-il avec irritation. Tu débloques vraiment à plein tube. »

Morton soupira. Suivit du doigt le rebord de sa tasse et secoua tristement la tête. « Bon, tout ce que souhaite, c'est que rien ne se détraque. Il est évident que tu ne m'écouteras pas.

— Félicitations. Voilà enfin une phrase sur laquelle je suis d'accord. » Chris consulta sa montre. « Maintenant, si tu veux bien m'excuser, il faut que j'aille écouter une bande de tarés patauger dans des auteurs qu'ils sont incapables d'assimiler. »

Ils se levèrent.

« Laisse, c'est pour moi », dit Morton, mais Chris plaqua une pièce sur le comptoir et sortit. Morton le suivit en empochant lentement sa monnaie.

Quand ils furent dans la rue, il tapota l'épaule de Chris. « Essaie de te calmer, dit-il. Tiens, pourquoi tu ne viendrais pas à la maison avec Sally ce soir ? On pourrait faire quelques tours de bridge.

— Impossible. »

Penchés sur leurs livres, les étudiants lisaient un extrait du *Roi Lear*. Chris les regardait sans les voir.

Il faut que je m'y résigne, se disait-il. Il ne faut plus que je pense à elle. Elle est partie. Je ne vais pas me lamenter là-dessus. Je ne vais pas espérer son retour contre tout espoir. Je ne *veux* pas qu'elle revienne. Je suis mieux sans elle. Libre et sans entrave.

Le cours de ses pensées se dilua. Il se sentait vide, désarmé. Il avait l'impression qu'il n'arriverait plus jamais à écrire un mot de sa vie. Peut-être, se dit-il, contrarié par cette idée, était-ce seulement le bouleversement causé par son départ qui permettait à mon cerveau de trouver des mots. Car après tout, les mots qui me venaient, les idées qui fleurissaient dans ma tête, même si c'était de façon fugitive, étaient entièrement axés sur elle – sur son départ et le chagrin qu'il me causait.

Il s'interrompit. Non ! protesta-t-il silencieusement. Je ne vais pas me laisser aller comme ça. Je suis fort. Ce n'est là qu'un sentiment temporaire, j'aurai vite fait d'apprendre à me passer d'elle. Et je me mettrai au travail. Un travail auquel je me contentais de rêver jusqu'ici. Après tout, n'ai-je pas vécu dix-huit années de plus ? Dix-huit années qui m'ont rempli de sons et de visions, d'idéaux, d'impressions, d'interprétations ?

Il en tremblait d'excitation.

Quelqu'un agitait une main sous son nez. Il accommoda et fixa un regard froid sur la jeune fille qui s'était levée.

« Oui ? dit-il.

— Pourriez-vous nous dire quand vous allez nous rendre nos contrôles, monsieur ? »

Il la dévisagea, sa joue droite tiraillée par un tic. Il avait envie de lui jeter à la tête toutes les invectives à sa disposition. Ses poings se crispèrent.

« Vous les aurez quand je les aurai corrigés, dit-il d'une voix cassante.

— Oui, mais...

— Faut-il que je vous le répète ? »

Il avait élevé la voix en fin de phrase. L'étudiante se rassit. Avant de baisser la tête, il la vit regarder son voisin et hausser les épaules avec une expression écœurée.

« Miss... » Il consulta son registre et trouva son nom. « Miss Forbes ! »

Elle leva les yeux, soudain toute pâle, ses lèvres rouges se détachant d'autant plus sur son visage. L'idiote d'albâtre. Les mots s'imposèrent à lui.

« Vous pouvez quitter la classe », ordonna-t-il d'un ton sec.

Elle prit un air ahuri. « Pourquoi ? demanda-t-elle d'une petite voix plaintive.

— Vous m'avez peut-être mal entendu, reprit-il, en proie à une fureur croissante. Je vous ai dit de quitter la classe !

— Mais...

— *Sortez, vous m'entendez !* » cria-t-il.

Elle s'empressa de ramasser ses livres, les mains tremblantes, le visage écarlate. Puis, les yeux baissés, la gorge agitée de soubresauts, elle quitta sa place et se dirigea vers la porte.

Celle-ci se referma derrière elle. Il se rappuya à son dossier avec un sentiment d'horrible malaise. Maintenant, songea-t-il, tout le monde va me tomber dessus pour prendre la défense d'une petite gourde. Voilà qui allait apporter de l'eau au moulin du professeur Ramsay.

Et ils auraient raison.

Impossible de s'ôter cette idée de la tête. Ils auraient *raison*. Il le savait. Dans ce recoin de son esprit qui ne se laissait pas intimider par ses éclats, il savait qu'il se comportait comme un parfait imbécile. Je n'ai pas le droit d'enseigner aux autres. Je n'arrive même pas à m'enseigner à me conduire en être humain. Il aurait voulu crier cet aveu et fondre en larmes avant de se jeter par une fenêtre.

« Je ne veux plus entendre de bavardages ! » exigea-t-il d'un ton féroce.

Le silence se fit. Il se raidit, attentif au moindre signe de rébellion. Je suis votre professeur, se disait-il, vous me devez l'obéissance, je suis...

Il n'alla pas plus loin. Sa pensée dériva à nouveau. Des étudiants, une fille qui demandait des nouvelles d'un contrôle, qu'est-ce que ça pesait ? Qu'est-ce que pesait ceci ou cela ?

Une fois de plus il consulta sa montre. Dans quelques minutes le train de Sally allait arriver à Centralia. Là, elle changerait pour Indianapolis. Et ensuite, en route pour Détroit et le giron maternel. Fini Sally.

Fini Sally. Il tenta de visualiser la chose. Mais la pensée de la maison sans elle était inconcevable. Parce que ce n'était pas seulement la maison sans elle ; c'était autre chose.

Il repensa aux paroles de John.

Était-ce possible ? Il était d'humeur à accepter l'incroyable. Il était incroyable que Sally l'ait quitté. Pourquoi ne pas élargir cela aux impossibilités auxquelles il était confronté ?

Bon, d'accord, songea-t-il avec irritation. La maison est vivante. Mes débordements de colère lui ont donné vie. Eh bien, que le toit s'écroule à mon retour là-bas, c'est tout ce que j'espère. Que les murs s'effondrent et que je sois réduit en bouillie sous un monceau de plâtre, de bois et de brique. Voilà ce dont j'ai envie. Qu'il y ait un instrument pour me supprimer. Je ne peux pas m'y résoudre de moi-même. Si seulement un revolver pouvait me faire sauter la cervelle à ma place. Ou une fuite de gaz se déclencher sur commande, ou un rasoir me sauter à la gorge sur une simple injonction.

La porte s'ouvrit. Il leva les yeux. Le professeur Ramsay se tenait dans l'encadrement, figure vivante de l'indignation. Derrière lui, dans le couloir, Chris apercevait l'étudiante en larmes.

« Je peux vous voir un instant, Neal ? » lança sèchement Ramsay avant de réintégrer le couloir.

Chris resta assis à son bureau, les yeux fixés sur la porte. Il se sentit soudain accablé d'une immense fatigue. Comme si le simple fait de se lever pour gagner la porte était au-delà de ses forces. Coup d'œil sur la classe. On essayait ici et là de réprimer un sourire.

« Pour demain vous finirez votre lecture du *Roi Lear* », dit-il. Quelques murmures de mécontentement s'élevèrent dans les rangs.

Ramsay refit une apparition sur le seuil, le rouge aux joues. « Alors, vous venez, Neal ? » Il avait haussé le ton.

Chris le rejoignit, raidi par la colère. Les yeux baissés, l'étudiante se tenait dans l'ombre de la corpulente personne du professeur Ramsay.

« Qu'est-ce que c'est que cette histoire, Neal ? » attaqua Ramsay.

C'est ça, songea Chris. Ne prends surtout pas la peine de m'appeler professeur. Je ne le serai jamais, n'est-ce pas ? Tu y veilleras, vieux salaud.

« Je ne comprends pas, dit-il aussi calmement que possible.

— Miss Forbes, ici présente, déclare que vous l'avez mise à la porte sans raison valable.

— Alors miss Forbes est une menteuse doublée d'une sotte. » Domine ta colère, se dit-il. Ne la laisse pas éclater. Il déployait de tels efforts pour cela qu'il en tremblait.

La jeune fille en eut le souffle coupé et ressortit son mouchoir. Ramsay se tourna pour lui tapoter l'épaule. « Allez m'attendre dans mon bureau, mon enfant. »

Elle fit lentement demi-tour. Sale démago ! cracha mentalement Chris. C'est facile pour toi d'avoir la cote. On voit bien que tu n'as pas à affronter leur esprit obtus.

Miss Forbes disparut au bout du couloir et Ramsay revint sur Chris. « Vous avez intérêt à avoir une bonne explication à fournir. Je commence à en avoir assez, Neal, de votre comportement. »

Chris resta muet. Qu'est-ce que je fous là ? se demanda-t-il soudain. Qu'est-ce que je fous dans ce couloir sombre à me laisser engueuler par ce rustaud pontifiant ?

« J'attends, Neal. »

Chris se raidit. « Je vous ai dit qu'elle mentait, dit-il sans élever la voix.

— Je crois que c'est tout le contraire », déclara Ramsay avec un tremblement dans la voix.

Chris frémit de tout son corps. Il avança la tête et parla lentement, les dents serrées. « Vous pouvez croire ce qui vous chante. »

Les lèvres de Ramsay tressaillirent. « Je pense qu'il est temps que vous comparaissiez devant le conseil, murmura-t-il.

— Formidable ! » tonna Chris. Ramsay alla pour fermer la porte de la classe, mais Chris la repoussa d'un coup de pied, l'envoyant cogner contre le mur. Une étudiante poussa un petit cri de souris.

« Qu'est-ce qu'il y a ? hurla Chris. Vous ne voulez pas que vos étudiants m'entendent vous remettre à votre place ? Vous ne voulez pas qu'ils sachent que vous n'êtes qu'un rustre, une baudruche, un vieux con ? »

Ramsay porta deux poings frémissants à hauteur de sa poitrine. Ses lèvres tremblaient violemment. « Ça suffit, Neal ! » cria-t-il.

Chris leva la main et l'écarta de son chemin en grondant : « Allez, dégagez ! »

Il s'éloigna à grands pas. Les parois du couloir se dévidèrent dans une sorte de flou. Il entendit la sonnerie marquant la fin des cours. Elle paraissait appartenir à une autre existence. Le bâtiment s'anima, des flots d'étudiants s'échappèrent des salles.

« Neal ! » appela le professeur Ramsay.

Il continua de marcher. Bon Dieu, qu'on me laisse sortir d'ici, j'étouffe, pensa-t-il. Mon chapeau, mon porte-documents. Tant pis. De l'air ! Pris de vertige, il descendit les escaliers au milieu d'un remous d'étudiants, d'une masse mouvante qui n'avait plus d'identité à ses yeux. Il était déjà très loin d'eux.

Les yeux fixés droit devant lui, il suivit le couloir du rez-de-chaussée, obliqua vers la porte, dévala les escaliers et se retrouva sur le trottoir. Le tout sans prêter la moindre attention aux étudiants ébahis par ses cheveux ébouriffés et ses vêtements en désordre. Ça y est, songeait-il en marchant, tout à son animosité. J'ai rompu les amarres. Je suis *libre* !

Complètement malade, oui.

Tout au long de la Neuvième Rue comme dans l'autobus, il ressassa sa colère. Ne cessa de se repasser les instants qu'il venait de vivre. Il revoyait le visage de marbre de Ramsay, répétait ses paroles. Il entretenait sa tension nerveuse et sa fureur. Je suis content, se dit-il farouchement. Tout est réglé. Sally m'a quitté. Tant mieux. Je n'ai plus de boulot. Tant mieux. Maintenant je suis libre de faire ce que je veux. Une joie forcée, coléreuse, palpitait en lui. Il se sentait seul, étranger au monde et heureux de l'être.

Descendu de l'autobus, il se dirigea d'un pas résolu vers sa maison, feignant d'ignorer la souffrance qu'il éprouvait en s'en approchant. Ce n'est qu'une maison vide, songea-t-il. Rien de plus. Toutes ces théories puériles n'y feront rien, ce n'est rien d'autre qu'une maison.

Quand il entra, il trouva Sally assise sur le canapé.

Il vacilla comme s'il venait de recevoir un coup de poing. Pétrifié, il fixa sur elle un regard ébahi. Les mains jointes, elle le regardait.

Il déglutit. « Ça alors, parvint-il à dire.

— Je... » Sa gorge se noua. « Eh bien...

— Eh bien *quoi* ? » fit-il aussitôt en haussant le ton pour dissimuler le tremblement de sa voix.

Elle se leva. « Chris, je t'en prie. Tu ne veux pas... me demander de rester ? » Elle avait le regard suppliant d'une petite fille.

Cette expression le mit hors de lui. En miettes, tous ses rêves éveillés. Foulées au pied, les nouvelles idées qui avaient commencé de germer en lui.

« Te demander de rester ! brailla-t-il. Tu parles si je vais te demander quoi que ce soit !

— Chris ! Non ! »

Elle s'effondre, lui cria une voix intérieure. Elle craque. Porte-lui le coup de grâce. Fiche-la dehors. Fais-lui vider les lieux.

« Chris, sanglota-t-elle. Sois gentil. Je t'en supplie, sois gentil.

— *Gentil !* » Le mot faillit l'étrangler. Il se sentit pris d'une bouffée de chaleur. « Et toi, tu as été gentille ? À me pousser à bout, à me mettre au désespoir. Je suis fini, tu entends ? Jamais. Jamais ! Tu entends ? Jamais je n'écrirai. Je ne *peux pas* écrire ! Tu m'as mis à sec ! Tu as tué ce que j'avais en moi ! Tu entends ? *Tué* tout ça ! »

Elle battait en retraite vers la salle à manger. Il la suivit, les bras ballants, les mains agitées de tremblements ; c'était elle qui l'avait poussé à cet aveu, et il lui en voulait d'autant plus.

« Chris », murmura-t-elle d'un air apeuré.

Il avait l'impression que sa fureur proliférait comme des cellules prises de folie, jusqu'à transformer l'être de chair et de sang qu'il était en un bloc de haine accusatrice.

« Je ne veux plus te voir ! hurla-t-il. Tu as raison, je ne veux plus te voir ! Fous le camp ! »

Elle avait les yeux écarquillés, la bouche pareille à une blessure béante. Soudain, les yeux brillants de larmes, elle prit son élan et franchit la porte qui donnait sur la rue.

Il se rendit à la fenêtre et la regarda s'éloigner en courant, ses cheveux bruns flottant derrière elle.

Pris de vertige, il se laissa tomber sur le canapé et ferma les yeux. Ses ongles s'enfoncèrent dans ses paumes. Bon Dieu, je suis vraiment malade, ne cessait-il de se répéter.

Il sursauta et regarda bêtement autour de lui. Qu'est-ce que c'était ? Cette impression de s'enfoncer dans le canapé, dans le plancher, de se dissoudre dans l'air, de se confondre avec les molécules de la maison. Il laissa échapper un gémissement, regarda autour de lui. Voilà qu'il avait mal à la tête ; il porta une main à son front.

« Qu'est-ce qui se passe ? murmura-t-il. Qu'est-ce qui se passe ? »

Il se leva. Huma l'air à la recherche d'une odeur. Tendit l'oreille à l'affût d'un bruit. Regarda autour de lui. Comme si quelque chose était là. Quelque chose de palpable, de menaçant.

Il vacilla, retomba sur le canapé. Balaya la pièce du regard. Rien. Rien de tangible en tout cas. Ce ne pouvait qu'être un effet de son imagination. Les meubles étaient à leur place. Le soleil filtrait à travers le voile des rideaux, faisant surgir du parquet des formes dorées. Les murs restaient dans les tons crème, le plafond inchangé. Et pourtant il y avait cette obscurité grandissante...

Qu'est-ce qui se passait ?

Il se mit sur ses pieds et, tout étourdi, erra dans la pièce. Il avait oublié Sally. Il toucha la table de la salle à manger, en contempla le chêne foncé. Passa dans la cuisine. Se planta devant l'évier et regarda par la fenêtre.

Il la vit au bout de la rue en train de s'éloigner d'un pas mal assuré. Elle avait dû attendre le bus, puis se lasser. Et maintenant elle s'en allait pour de bon, sortait de sa vie.

« Je vais lui courir après », marmonna-t-il.

Non, se reprit-il. Non, je ne vais pas lui courir après comme un...

Comme un quoi ? Il ne s'en souvenait plus. Il abaissa les yeux sur l'évier. Il avait l'impression d'être ivre. Tout était flou à la périphérie de son champ visuel.

Elle avait lavé les tasses. Jeté la soucoupe cassée. Il regarda l'entaille à son pouce. Il y avait longtemps qu'elle ne saignait plus. Il l'avait effacée de sa mémoire.

Il regarda soudain autour de lui comme si quelqu'un l'épiait. Fixa le mur. Quelque chose se préparait. Il le sentait. Ça ne vient pas de moi. Il le fallait pourtant ; c'était forcément un produit de son imagination.

Son imagination !

Il tapa du poing sur l'évier. Je vais écrire. Écrire, *écrire*. M'asseoir et laisser aux mots le soin de me délivrer de tout ça. De me libérer de mes angoisses, de mes terreurs et de ma solitude. L'écriture comme catharsis.

« Oui ! » s'écria-t-il.

Il se rua hors de la cuisine. Refusant d'accepter la peur instinctive qui prenait possession de lui. Ignorant la menace qui semblait peser dans l'air.

Un tapis glissa sous ses talons. Il le chassa du pied. S'installa à son bureau. Il y avait comme un bourdonnement dans l'air. Il arracha la housse de sa machine à écrire. Se sentit gagné par le trac à la vue du clavier. L'instant préludant l'attaque. C'était dans l'air. Sauf que c'est *moi* qui mène l'attaque ! pensa-t-il triomphalement. Moi qui me lance à l'attaque de la stupidité et de la peur.

Il glissa une feuille dans le cylindre. Essaya de rassembler ses idées palpitantes. Écrire. Le mot retentissait dans sa tête. Écrire... *là*.

« Là ! » s'exclama-t-il.

Il sentit le bureau lui heurter les tibias.

La douleur le tétanisa. Comme un automate, il décocha des coups de pied frénétiques dans le bureau. La douleur s'intensifia. Nouveaux coups de pied. Le bureau revint à la charge. Il se mit à hurler.

Il l'avait vu bouger.

Il essaya de reculer, sa colère soudain réduite à néant. Les touches de la machine à écrire remuèrent sous ses doigts. Il baissa la tête. Il n'aurait su dire s'il actionnait les touches ou si elles bougeaient toutes seules. Au bord de l'hystérie, il eut un mouvement de recul, essaya de dégager ses doigts. En vain. Les touches se déplaçaient trop vite pour que ses yeux puissent les suivre. Elles se réduisaient à un mouvement flou. Il les sentit lui entamer la peau, lui écorcher les doigts. Qu'il eut bientôt à vif. En sang.

Il poussa un cri. Rassemblant ses forces, il parvint à arracher ses doigts du clavier et se propulsa en arrière.

La boucle de sa ceinture accrocha le tiroir, qui s'ouvrit violemment et lui rentra dans l'estomac. Nouveau hurlement. La douleur lui fit l'impression d'un nuage noir qui croulait sur sa tête.

Il tendit une main pour repousser le tiroir. Vit les crayons jaunes à l'intérieur. Nota leur éclat. Sa main glissa, heurta le fond du tiroir.

Un crayon le piqua.

Il avait la manie de les tailler très pointus. Ce fut comme une morsure de serpent. Il s'empressa de retirer sa main avec un hoquet de souffrance. La pointe du crayon resta fichée sous un ongle, enfoncée dans la chair. Il hurla de rage et de douleur. Essaya de retirer le crayon de l'autre main. Celui-ci lui échappa et alla s'enfoncer dans sa paume. Impossible de s'en débarrasser. Il revenait obstinément à l'assaut, lui zébrant la main de noires griffures, lui entaillant la peau.

Il finit par le lancer à travers la pièce. Le crayon rebondit contre le mur. Fit comme un bond quand il retomba sur la gomme. Tourna sur lui-même et s'immobilisa.

Chris perdit l'équilibre. Son fauteuil venait de basculer. Sa tête heurta rudement le plancher tandis que la main qu'il avait projetée en avant agrippait le rebord de la fenêtre. Des échardes minuscules se plantèrent dans sa peau comme des aiguilles invisibles. Mort de peur, il poussa un véritable beuglement. Agita les jambes en tous sens. Les contrôles de milieu de trimestre fondirent sur lui comme les ailes battantes d'une nuée d'oiseaux en délire.

Le fauteuil se redressa, catapulté par ses ressorts. Les lourdes roulettes écrasèrent ses mains ensanglantés. Il les ramena vers lui avec un cri perçant. Levant une jambe, il repoussa le fauteuil du pied. Celui-ci alla heurter la cheminée et se renversa sur le côté. Les roulettes vrombissaient comme un essaim d'insectes irrités.

Il se releva d'un bond. Perdit à nouveau l'équilibre et tomba, se cognant contre l'appui de la fenêtre. Les rideaux s'écroulèrent sur lui comme un python. Les tringles se décrochèrent et lui dégringolèrent sur le crâne. Il sentit du sang lui couler sur le front. Se débattit. Les rideaux s'entortillaient autour de lui comme des serpents. Il hurla une fois de plus. Se mit à les déchirer sauvagement, les yeux fous de terreur.

Il parvint à se dégager et se redressa en titubant, chercha à reprendre son équilibre. Ses mains le faisaient atrocement souffrir. Il les regarda. On aurait dit de la viande de boucher à laquelle adhérait encore des lambeaux de peau. Il fallait les panser. Il se tourna vers la salle de bains.

Au premier pas qu'il fit, le tapis se déroba sous lui – le tapis qu'il avait chassé du pied. Il se sentit partir en avant. Tendit instinctivement les mains pour amortir sa chute. Une douleur fulgurante le secoua. Un de ses doigts se cassa. Des échardes pénétrèrent dans ses mains à vif, il eut l'impression qu'une de ses chevilles s'embrasait.

Il essaya de se remettre debout mais le parquet semblait s'être métamorphosé en une plaque de glace. Il s'enferma dans un silence de mort. Son cœur cognait dans sa poitrine. Nouvelle tentative pour se relever. Peine perdue. Il resta cloué au sol, la respiration sifflante.

L'étagère à livres se profila au-dessus de lui. Il laissa échapper un cri et tendit un bras. Le meuble s'abattit sur lui. La tablette du haut lui heurta le crâne. Une marée de ténèbres déferla sur lui, un élancement violent lui traversa la tête. Pris sous un déluge de volumes, il roula sur le flanc en geignant. Essaya de s'extirper de l'avalanche. De repousser les livres de toutes les maigres forces qui lui restaient. Et ceux-ci de s'ouvrir. De lui opposer des pages qui lui cisaillaient les doigts comme des lames de rasoir.

La souffrance le ramena à la lucidité. Il se redressa et fit voler les livres en tous sens. Puis, d'une poussée des deux pieds, il réexpédia l'étagère contre le mur. Le dos se détacha sous le choc et elle tomba en morceaux.

Quand il se releva, la pièce tournait autour de lui. Il se cogna au mur, tenta d'y prendre appui. Eut l'impression qu'il se dérobait sous ses mains. Impossible de s'y tenir. Il tomba progressivement à genoux, tâcha de se redresser.

« Me mettre des pansements », marmonna-t-il d'une voix rauque.

Les mots s'imposaient à lui. Chancelant, il traversa la salle à manger trépidante.

Arrivé dans la salle de bains, il s'arrêta. Non ! Quitter la maison ! Il savait que ce n'était pas sa volonté qui l'avait conduit ici.

Il tenta de faire demi-tour mais glissa sur le carrelage et alla donner du coude sur le rebord de la baignoire. Une douleur atroce lui fusa dans le haut du bras. Puis ce fut son bras tout entier qui se retrouva engourdi. Il resta allongé par terre, à se tordre de souffrance. Les murs s'assombrissaient, se refermaient autour de lui comme un linceul.

Il se mit en position assise, le souffle court. Puis debout. Han ! Son bras partit en avant et ouvrit la porte de l'armoire de toilette. Qui vint le frapper au visage, lui entaillant la joue.

Il rejeta aussitôt la tête en arrière. La fissure dans le plafond ressemblait à un sourire imbécile sur une face blême, dénuée d'expression. Il baissa le menton en laissant échapper un petit cri d'effroi. S'efforça de battre en retraite.

Sa main plongea dans l'armoire de toilette. Pour prendre de la teinture d'iode et de la gaze ! s'écria-t-il intérieurement.

Elle ressortit armée du rasoir.

Qui frétilla dans sa main comme un poisson hors de l'eau. Son autre main alla fouiller dans l'armoire. Pour prendre de la teinture d'iode et de la gaze ! se répéta-t-il un ton au-dessus.

Elle ressortit munie du fil dentaire. Qui se débobina comme un interminable ver blanc. S'enroula autour de sa gorge et de ses épaules. Lui coupa la respiration.

La longue lame luisante glissa hors de son logement.

Sans qu'il puisse l'arrêter, sa main lui porta un grand coup de rasoir à la poitrine. Déchirant la chemise. Entamant profondément la chair. Faisant jaillir le sang.

Il essaya de jeter le rasoir au loin, mais celui-ci restait collé à sa main. Le lacérait. Cherchait à atteindre ses bras, ses jambes, le reste de son corps.

Sa gorge.

Un hurlement d'horreur absolue jaillit de ses lèvres. Il s'enfuit de la salle de bains, déboula dans le salon en chaloupant.

« Sally ! hurla-t-il. Sally, Sally, Sally... »

Le rasoir entra en contact avec sa gorge. La pièce vira au noir. Douleur. Reflux de la vie dans la nuit. Silence général.

Le professeur Morton vint le lendemain. Ce fut lui qui appela la police. Plus tard le médecin légiste inscrivit dans son rapport :

Mort par automutilation.

UNE RÉSIDENCE DE HAUT VOL

« Ce gardien me flanque les jetons », a déclaré Ruth en rentrant cet après-midi-là.

J'ai levé le nez de ma machine à écrire tandis qu'elle déposait ses paquets sur la table et se tournait vers moi. Je m'escrimais sur la deuxième mouture d'une nouvelle. « Il te flanque les jetons, ai-je répété.

— Parfaitement. Cette façon qu'il a de rôder dans les coins... on dirait Peter Lorre.

— Peter Lorre », ai-je fait en écho, toujours aux prises avec mon intrigue.

« Chéri, a-t-elle insisté d'un ton suppliant. Je parle sérieusement. Ce type n'est pas clair. »

J'ai cligné des paupières et me suis arraché à mon brouillard créateur. « Comment veux-tu que le pauvre gars change de tête, mon chou ? C'est une question d'hérédité. Donne-lui sa chance. »

Elle s'est laissée choir sur une chaise et mise en devoir de déballer ses achats : produits d'épicerie et boîtes de conserve. « Écoute », a-t-elle dit.

Je sentais venir le coup. Cette intonation grave dont elle n'avait même plus conscience. Mais qu'elle adoptait chaque fois qu'elle s'apprêtait à me faire une de ses « révélations ».

« Écoute, a-t-elle répété avec une insistance du plus bel effet dramatique.

— Oui, ma chérie. » Un coude appuyé sur le châssis de la machine, je l'ai regardée avec toute la patience dont j'étais capable.

« Ne fais pas cette tête-là. Tu me regardes toujours comme si j'étais une débile mentale ou je ne sais quoi. »

Pâle sourire de ma part.

« Tu t'en repentiras. Une nuit prochaine, quand ce type se faufilera chez nous avec une hache et nous découpera en morceaux.

— Ce n'est qu'un pauvre bougre qui gagne sa vie comme il peut. Il nettoie les couloirs, garnit les chaudières...

— On est chauffés au mazout.

— Disons que si on avait une chaudière à charbon, c'est lui qui la garnirait. Montrons-nous charitables. Il trime comme nous tous. J'écris des nouvelles. Il nettoie les sols. Qui peut dire quelle est la tâche la plus noble ? »

Elle a pris un air découragé. « C'est bon. » Geste de résignation à l'appui. « N'en parlons plus, puisque tu refuses de voir les choses en face.

— Quelles choses ? » Mieux valait la laisser se défouler avant que ça ne lui ronge les sangs.

Ses yeux se sont plissés. « Écoute-moi. Cet homme n'est pas ici pour rien. Ce n'est pas un vrai gardien. Je ne serais pas surprise que...

— Que cet immeuble ne soit qu'un paravent pour une maison de jeux. Un repaire d'ennemis publics. De faiseuses d'anges. Un atelier de faux-monnayeurs. Un rendez-vous d'assassins. »

Mais elle était déjà dans la cuisine, rangeant à grand fracas boîtes et paquets dans les placards.

« Très bien, disait-elle. *Très bien.* » De cette voix patiente dans le style *si-tu-te-fais-massacrer-ne-viens-pas-te-plaindre*. « Au moins je t'aurai averti. Ce n'est pas de ma faute si j'ai épousé une tête de mule. »

Je l'ai rejointe et lui ai passé les bras autour de la taille. Puis je l'ai embrassée dans le cou.

« Arrête. Tu ne réussiras pas à faire diversion. Ce gardien est... »

Elle s'est retournée. « Tu parles sérieusement », ai-je constaté.

Son visage s'est assombri. « Absolument ! Ce type me regarde d'une drôle de façon.

— Comment ça ?

— Eh bien... » Elle cherchait ses mots. « Comme... comme s'il *attendait* quelque chose. »

J'ai laissé échapper un petit rire. « Je le comprends.

— Essaie d'être un peu sérieux, veux-tu ?

— Tu te souviens du temps où tu pensais que le laitier était un tueur à gages de la mafia ?

— Raconte ce que tu veux, je m'en fiche.

— Tu lis trop de magazines bon marché.

— Tu t'en mordras les doigts, Je te dis. »

Je l'ai de nouveau embrassée dans le cou. « J'ai mieux à me mettre sous la dent.

— Je me demande pourquoi je te parle.

— Parce que tu m'aimes. »

Elle a fermé les yeux. « J'abandonne », a-t-elle lâché avec la sérénité d'une sainte montant au bûcher.

Je l'ai embrassée. « Allons, mon chou, on a assez de soucis comme ça. »

Haussement d'épaules. « Bon, d'accord.

— Très bien. Phil et Marge arrivent à quelle heure ?

— Six heures. J'ai du porc au menu.

— Un rôti ?

— Mmm.

— Vendu.

— On te l'a déjà vendu.

— Dans ce cas, retour à la machine à écrire. »

Tandis que je me fendais péniblement d'une nouvelle page, je l'entendais soliloquer dans la cuisine. Je ne saisissais pas tout. N'est parvenue à mes oreilles qu'une sinistre prophétie : « Assassinés dans notre lit ou je ne sais quoi. »

« Non, une chance comme ça, ça n'existe pas », a déclaré Ruth au cours du dîner.

J'ai échangé un grand sourire avec Phil.

« C'est aussi mon avis, a dit Marge. Qui a jamais entendu parler d'un loyer de soixante-cinq dollars par mois pour un cinq-pièces meublé ? Avec cuisinière, réfrigérateur, machine à laver – c'est fantastique.

— Allons, les filles, ai-je dit. À quoi bon discutailler ? Profitons de l'aubaine.

— *Oh !* » Ruth a redressé sa jolie tête blonde. « Toi, si quelqu'un te disait : "Tenez, mon vieux, voilà un million de dollars pour vous", tu accepterais, j'en suis sûre.

— Et comment ! Et je détalerais sans demander mon reste.

— Tu es vraiment naïf. Tu crois que les gens sont... sont...

— Attention à ce que tu vas dire.

— Tu crois toujours au père Noël !

— Quand même, a dit Phil, c'est un peu bizarre. Réfléchis cinq minutes, Rick. »

J'ai réfléchi. Un appartement de cinq pièces, flambant neuf, impeccablement meublé, vaisselle fournie... J'ai fait la moue. L'obsession de la machine à écrire peut vous couper de tout.

Ils avaient peut-être raison. En tout cas, je comprenais leur point de vue. Mais pas question de le reconnaître. Gâcher la petite guerre que nous nous livrions, Ruth et moi ? Jamais.

« Moi, je trouve le loyer exagéré, ai-je conclu.

— Juste ciel ! » Comme d'habitude, Ruth prenait mes paroles à la lettre. « Exagéré ! Cinq pièces ! Avec les meubles, la vaisselle, le linge, la... la télévision ! Qu'est-ce qu'il te faut de plus ? Une piscine ?

— Ma foi... une petite piscine... »

Elle s'est tournée vers Marge et Phil. « Discutons tranquillement de tout ça. Considérons que cette quatrième voix qu'il nous arrive d'entendre n'est que le bruit du vent dans l'avant-toit.

— Je suis le bruit du vent dans l'avant-toit, ai-je admis.

— Écoutez. » Et Ruth de reprendre le fil de ses appréhensions. « Et si cette résidence était bien le coup de chance qui n'existe pas ? Je veux dire, si les locataires n'avaient pour fonction que de servir de couverture ? Ça expliquerait le loyer. Vous vous souvenez de la ruée lorsque les appartements ont été mis en location ? »

Je m'en souvenais aussi bien que Phil et Marge. Nous avions obtenu un appartement parce que le hasard avait voulu que nous passions tous les quatre devant l'immeuble au moment où le gardien installait le panneau À LOUER. Nous étions tout de suite entrés. Et quelle stupéfaction, quel ravissement avaient été les nôtres devant le montant du loyer.

Nous avions été les premiers locataires. Le jour suivant, c'était Fort Alamo assiégé. Il n'est pas facile de trouver à se loger par les temps qui courent.

« Je maintiens qu'il y a quelque chose de bizarre dans tout ça, a terminé Ruth. Et vous avez remarqué le gardien ?

— Ce type n'est pas clair, me suis-je gentiment moqué.

— C'est vrai, a approuvé Marge en riant. Mon Dieu, il a l'air de sortir tout droit d'un film de série B. Ces yeux. Il ressemble à Peter Lorre.

— Tu vois ! » Ruth était triomphante.

« Les enfants, ai-je fait en levant la main en un vague geste de conciliation, s'il se passe des trucs louches dans notre dos, laissons courir. On ne nous demande pas d'y participer et nous n'en pâtissons pas. On vit dans un cadre sympa pour un loyer sympa. Qu'est-ce qu'on va faire ? Chercher la petite bête et nous gâcher l'existence ?

— Et si nous sommes l'objet d'un complot ? a objecté Ruth.
— Quel complot, mon chou ?
— Je ne sais pas. Mais je subodore quelque chose.
— Tu te souviens de la fois où tu subodorais que la salle de bains était hantée ? Il s'agissait d'une souris. »

Elle s'est mise à débarrasser la table. « Toi aussi, tu es mariée à un aveugle ? a-t-elle lancé à Marge.
— Tous les hommes sont aveugles, a laissé tomber Marge en accompagnant la voyante du pauvre dans la cuisine. Il faut se faire une raison. »

Phil et moi avons allumé une cigarette.

« Trêve de plaisanterie, ai-je dit de façon à ne pas être entendu de nos chères et tendres, tu crois qu'il y a quelque chose de suspect ? »

Il a haussé les épaules. « Je n'en sais rien, Rick. Je n'ai qu'une chose à dire : c'est assez étrange de louer des appartements meublés à si bas prix.
— Ouais. » Ouais, ai-je songé, enfin réveillé.

Étrange était le mot juste.

Le lendemain matin, je me suis arrêté pour bavarder avec Johnson, le flic du quartier. Il y a des bandes qui traînent dans le coin, m'a-t-il expliqué, beaucoup de circulation, et il faut surveiller les gosses, surtout après trois heures de l'après-midi.

C'est un brave gars, qui aime bien plaisanter. J'échange quelques mots avec lui chaque jour, quand je sors pour une raison ou pour une autre.

« Ma femme soupçonne qu'il se passe des drôles de trucs dans notre immeuble, lui ai-je confié.
— Moi aussi, m'a-t-il retourné, sérieux comme un pape. Je ne peux pas m'empêcher de penser que, derrière ces murs, on force des enfants de six ans à tresser des paniers à la chandelle.
— Pendant qu'une vieille sorcière les menace de son fouet. »

Il a hoché la tête d'un air affligé. Puis il a regardé autour de lui avec des airs de conspirateur. « Mais ne le dites à personne, d'accord ? Je tiens à être crédité de la découverte du pot aux roses. »

Je lui ai tapoté l'épaule. « Comptez sur moi, Johnson. Je serai muet comme une tombe.
— Merci. »

Et nous nous sommes esclaffés.

« À part ça, comment va madame ? s'est-il enquis.

— Elle se méfie. Se renseigne. Enquête.

— La routine, quoi. Rien que de très normal.

— Oui. Je crois que je ne vais plus lui laisser lire ces magazines de science-fiction.

— Sur quoi fonde-t-elle ses soupçons, au juste ?

— Oh... » J'ai souri. « Ce ne sont que des idées, comme ça. Elle trouve le loyer trop bas. D'après elle, tout le monde paie de vingt à cinquante dollars de plus dans le quartier.

— C'est vrai ?

— Ouais, ai-je fait en lui donnant une petite bourrade dans le bras. Mais à votre tour, ne le dites à personne. Je ne tiens pas à perdre une bonne affaire. »

Et j'ai continué mon chemin en direction de la papeterie.

« Je le savais, a dit Ruth. Je le *savais*. » Elle m'a regardé bien en face par-dessus sa bassine de linge humide.

« Tu savais quoi, mon chou ? » J'ai posé sur la table le paquet de papier pelure que j'étais allé acheté au bout de la rue.

« Cet immeuble est une façade. » Elle a levé la main. « Ne dis pas un mot. Contente-toi de m'écouter. »

Je me suis assis. Ai patienté. « Oui, ma chérie.

— J'ai découvert des machines dans le sous-sol, a-t-elle déclaré.

— Quel genre de machines, ma chérie ? Des pompes à incendie ? »

Ses lèvres se sont pincées. « Oh, je t'en prie, s'est-elle échauffée. Je les ai vues. »

Elle ne plaisantait pas.

« Moi aussi, je suis descendu au sous-sol, mon chou. Comment ça se fait que je n'y ai jamais vu de machines ? »

Elle a regardé autour d'elle d'une façon qui ne m'a pas plu. On aurait dit qu'elle croyait sincèrement que quelqu'un était tapi sous la fenêtre, prêtant l'oreille.

« Je parle de celui qui est *sous* celui que tu connais. »

J'ai pris un air dubitatif.

Elle s'est levée. « Bon sang ! Viens avec moi et je te montrerai. »

Elle m'a pris par la main et m'a entraîné dans le couloir,

puis dans l'ascenseur. Pendant toute la descente, elle est restée fermée sur elle-même sans me lâcher la main.

« Quand est-ce que tu les as vues ? me suis-je enquis, histoire de me montrer aimable.

— En faisant la lessive dans la buanderie. Enfin, dans le couloir, en ramenant mon linge. J'allais vers l'ascenseur et j'ai vu une porte entrouverte.

— Et tu es entrée ? » Elle me regardait sans répondre. « Oui, tu es entrée, ai-je conclu.

— J'ai descendu les marches, il y avait de la lumière et...

— Et tu as vu des machines.

— C'est ça.

— Grosses ? »

L'ascenseur s'est arrêté, les portes ont coulissé, nous avons quitté la cabine.

« Tu vas voir. » Un mur lisse. « C'est là. »

Je l'ai regardée. Puis j'ai donné quelques petits coups sur le mur. « Écoute, mon chou...

— Ne dis pas un mot de plus ! Et les portes secrètes, tu n'en as jamais entendu parler ?

— Ça, une porte secrète ?

— Le mur doit coulisser par-dessus. » Elle s'est mise à le tapoter. Il m'avait l'air plein. « Bon sang ! J'entends déjà ce que tu vas me dire. »

Je me suis abstenu de tout commentaire, me contentant de la regarder faire.

« Vous avez perdu quelque chose ? »

La voix du gardien, lente et insinuante, rappelait effectivement celle de Peter Lorre. Ruth est restée bouche bée, prise au dépourvu. Moi-même, j'ai sursauté.

« Ma femme pense qu'il y a une... ai-je commencé, les nerfs tendus.

— Je lui indiquais la bonne façon d'accrocher un tableau, m'a aussitôt interrompu Ruth. *Voilà* comment on fait, mon cœur. » Elle s'est tournée vers moi. « Tu enfonces le clou la tête en haut, pas perpendiculairement au mur. Tu comprends à présent ? » Et elle a pris ma main.

Le gardien a souri.

« À bientôt », lui ai-je dit, non sans quelque embarras. J'ai senti son regard qui nous suivait tandis que nous regagnions l'ascenseur.

Les portes refermées, Ruth s'est tournée vers moi. « Bravo !

a-t-elle fulminé. Qu'est-ce que tu veux faire ? Nous le mettre à dos ?

— Enfin, mon chou... » Je n'en revenais pas.

« Quoi qu'il en soit, il y a des machines en bas. D'*énormes* machines. Je les ai vues. Et il est au courant de leur existence.

— Voyons, ma chérie, pourquoi ne pas...

— Regarde-moi », m'a-t-elle ordonné.

Ce que j'ai fait. Attentivement.

« Tu crois que je suis folle ? Allez, réponds. Sans hésiter. »

J'ai soupiré. « Je crois que tu as beaucoup d'imagination. Tu es toujours à lire ces...

— C'est ça ! a-t-elle marmonné d'un air écœuré. Tu es aussi entêté que...

— Ceux qui refusaient de croire Galilée.

— Je te montrerai ces trucs. On va redescendre ce soir, quand le gardien dormira. S'il lui arrive de dormir. »

C'est alors que j'ai commencé à m'inquiéter. « Arrête, mon chou. Si tu continues comme ça, moi aussi je vais m'y mettre.

— Très bien. *Très bien.* J'ai cru qu'il allait falloir un ouragan pour te faire décoller. »

Je suis resté tout l'après-midi à contempler ma machine à écrire sans que rien en sorte.

Sauf du souci.

Je ne saisissais pas. Était-elle vraiment sérieuse ? Très bien, me suis-je dit, je vais prendre ça au pied de la lettre. Elle a vu une porte qu'on avait laissée ouverte. Accidentellement. C'était l'évidence même. S'il y avait vraiment d'énormes machines sous la résidence, sûr que ceux qui les avaient construites ne tenaient pas à ce que ça se sache.

Septième Rue Est. Une résidence. Et d'énormes machines au sous-sol.

D'accord ?

« *Le gardien a trois yeux !* »

Elle tremblait de tous ses membres. Son visage était livide. Elle me regardait comme un enfant qui vient de lire sa première histoire d'horreur.

« *Pauvre chou.* » Je l'ai prise dans mes bras. Sa peur était réelle. Moi-même, je n'étais pas rassuré. Mais pas parce que le gardien était censé avoir un œil de trop.

Tout d'abord, je n'ai rien dit. Que répondre quand on vous sort un truc pareil ?

Elle est restée longtemps à trembler ainsi. Puis, d'une petite voix timide : « Je sais, a-t-elle dit. Tu ne me crois pas. »

J'ai dégluti. « Allons, mon petit cœur, ai-je fait en désespoir de cause.

— On va descendre ce soir. Cette fois c'est grave. On ne peut plus sérieux.

— Je ne crois pas que ce serait...

— Alors j'irai toute seule. » Elle avait l'air à bout de nerfs, à la limite de l'hystérie. « Je te dis qu'il y a des machines en bas. Des machines, bon sang ! »

Elle s'est mise à pleurer et à trembler de plus belle. Je lui ai tapoté la tête, lui offrant le réconfort de mon épaule. « C'est ça, mon chou. C'est ça. »

Elle a essayé de me parler à travers ses larmes. Mais sans y parvenir. Plus tard, une fois calmée, elle s'est expliquée et je l'ai écoutée. Je ne tenais pas à la brusquer. Le mieux était de me montrer patient.

« Je passais dans l'entrée de l'immeuble, a-t-elle commencé. Je me suis dit qu'il y avait peut-être du courrier. Il arrive qu'il y ait une distribution dans l'après-midi, tu sais bien... » Elle s'est interrompue. « Peu importe. Ce qui compte, c'est ce qui s'est produit quand je suis passée devant le gardien.

— À savoir ? » Je redoutais ce qui allait suivre.

« Il a souri. Tu sais comment. De cet air doucereux et cruel. »

Je n'ai pas relevé. Pas discuté. Je continuais de penser que le gardien n'était qu'un pauvre bougre inoffensif qui avait la malchance d'être né avec une tête tout droit sortie d'un dessin de Chas Addams.

« Et alors ? ai-je fait.

— Je passe donc devant lui. Et je me sens prise de frisson. Parce qu'il me regardait comme s'il connaissait des choses sur moi que j'ignorais moi-même. Je me fiche de ce que tu vas dire... c'est l'impression que j'ai eue. Ensuite... »

Elle a frémi. Je lui ai pris la main. « Ensuite ?

— J'ai senti qu'il me suivait des yeux. »

J'avais eu la même impression lorsqu'il nous avait surpris dans le sous-sol. Je comprenais ce qu'elle voulait dire. Même le dos tourné, on sentait que ce type vous regardait.

« Très bien. Jusque-là je te suis.

— Mais là, tu ne vas pas me suivre », s'est-elle renfrognée. Elle est restée comme ça un moment, toute raide sur son siège, puis : « Quand je me suis retournée, il s'éloignait dans la direction opposée. »

Je sentais ce qui allait venir. Je n'ai eu que le temps d'émettre un timide : « Je ne...

— *Il me tournait le dos mais il continuait de me regarder.* »

J'ai dégluti. Je suis resté là, comme assommé, à lui tapoter la main sans m'en rendre compte.

« Comment ça ? me suis-je entendu lui demander.

— Il avait un œil derrière la tête.

— *Chou !* » me suis-je récrié. Je l'ai dévisagée – allez, assumons – avec effroi. Un esprit troublé peut se mettre à dérailler complètement.

Elle a fermé les yeux. Croisé les mains après avoir retiré celle que je tenais. Ses lèvres se sont pincées. J'ai vu une larme sourdre au coin de son œil gauche et lui ruisseler sur la joue. Elle était blême.

« Je l'ai vu, dit-elle calmement. Dieu m'en soit témoin, j'ai vu cet œil. »

Je ne sais pas pourquoi j'ai poursuivi la discussion. Le besoin de me faire du mal, peut-être. Je désirais pourtant tout oublier, faire comme si rien ne s'était passé.

« Pourquoi ne l'avons-nous jamais remarqué, Ruth ? On a quand même vu ce type de dos plus d'une fois.

— Vraiment ? Vraiment ?

— Enfin, mon cœur, *quelqu'un* doit bien l'avoir vu. Crois-tu que jamais personne ne s'est trouvé derrière lui ?

— Ses cheveux se sont séparés, Rick, et avant de me sauver je les ai vus se remettre en place, recouvrir cet œil de façon qu'il ne soit plus visible. »

Je suis resté silencieux. Qu'est-ce qu'il y avait à ajouter ? Que pouvait-on répondre à sa femme quand elle vous tenait de tels discours ? Tu es folle ? Tu as perdu les pédales ? Ou l'autre vieille scie : « C'est le surmenage. » Ruth n'était pas surmenée.

Ou si elle l'était, c'était au niveau de l'imagination.

« Vas-tu descendre avec moi cette nuit ? m'a-t-elle demandé.

— Mais oui, ai-je dit calmement. Mais oui, mon cœur. Et maintenant, si tu allais t'allonger un peu ?

— Je ne suis pas fatiguée.

— Va t'allonger, mon cœur, ai-je insisté. Je t'accompagnerai cette nuit. Mais pour l'instant, je veux que tu te reposes. »

Elle s'est levée, a gagné la chambre et j'ai entendu grincer les ressorts du sommier quand elle s'est assise, a posé ses jambes sur le lit et laissé sa tête tomber sur l'oreiller.

Je suis allé la rejoindre un peu plus tard pour tirer une couette sur elle. Elle fixait le plafond. Je ne lui ai rien dit. Apparemment, elle n'avait pas la moindre envie de me parler.

« Qu'est-ce que je peux faire ? » ai-je demandé à Phil.

Ruth s'était endormie et je m'étais faufilé dans le couloir jusqu'à son appartement.

« Peut-être qu'elle a bien vu tout ça, m'a-t-il répondu. N'est-ce pas une possibilité ?

— Si, bien sûr. Et tu sais quelle est l'autre possibilité.

— Écoute, tu veux qu'on descende voir le gardien ? Tu veux...

— Non. On ne peut rien faire de tout ça.

— Tu vas l'accompagner au sous-sol ?

— Si elle insiste. Sinon, pas question.

— Bon, alors si tu y vas, viens nous chercher. »

J'ai posé sur lui un regard intrigué. « Tu veux dire que la même mouche vous a piqués ? »

Il m'a regardé d'une drôle de façon. J'ai vu coulisser sa pomme d'Adam.

« Ne... écoute, ne le dis à personne... » Il a jeté un coup d'œil autour de lui avant de revenir sur moi. « Marge m'a raconté la même chose. Elle dit que le gardien a trois yeux. »

Après le dîner, je suis descendu chercher de la crème glacée. Johnson passait par là.

« On vous fait faire des heures supplémentaires ? lui ai-je demandé tandis qu'il réglait son pas sur le mien.

— On s'attend à des ennuis avec les bandes du coin.

— Je n'ai jamais vu de bandes par ici, ai-je dit machinalement.

— N'empêche qu'il y en a.

— Mmmm.

— Comment va votre femme ?

— Très bien, ai-je menti.

— Elle croit toujours que votre résidence n'est qu'une façade ? » Petit rire à l'appui.

J'ai avalé ma salive. « Non. Je lui ai ôté cette idée de la tête. En fait, je crois qu'elle me faisait marcher. »

Il a hoché la tête et m'a quitté au coin de la rue. Allez savoir pourquoi, je n'ai pas pu empêcher mes mains de trembler durant tout le trajet de retour. Et je ne cessais de jeter des coups d'œil derrière moi.

« C'est le moment », a dit Ruth.

J'ai grogné et me suis retourné sur le côté. Elle m'a poussé du coude. J'ai vaguement émergé du brouillard et mes yeux se sont portés sur le réveil. Les chiffres luminescents annonçaient quatre heures moins des poussières.

« Tu veux y aller *maintenant* ? » J'étais trop ensommeillé pour faire preuve de tact.

Un instant de silence. Du coup, je me suis réveillé.

« J'y vais », a-t-elle dit tranquillement.

Je me suis redressé et l'ai regardée dans la pénombre. Mon cœur s'est mis à battre un peu trop fort. J'avais la bouche et la gorge sèches. « Très bien. Donne-moi juste le temps de m'habiller. »

Elle était déjà prête. Pendant que j'enfilais mes vêtements, je l'ai entendue faire du café dans la cuisine. Sans bruit excessif. Je veux dire que ses mains n'avaient pas l'air de trembler. Rien d'aberrant non plus dans ses paroles. Mais c'est quand même un mari inquiet que j'ai vu dans la glace de la salle de bains. Je me suis aspergé le visage d'eau froide et donné un coup de peigne.

« Merci », lui ai-je dit quand elle m'a tendu une tasse de café. J'étais planté là, rongé par le trac devant ma propre épouse.

Elle n'a pas pris de café. « Ça y est ? Tu as les yeux en face des trous ? » J'ai opiné. Remarqué la torche électrique et le tournevis sur la table de la cuisine. Fini mon café.

« Très bien, ai-je dit. Finissons-en. »

J'ai senti sa main sur mon bras. « J'espère que tu... », a-t-elle commencé. Puis elle a détourné la tête.

« Tu... quoi ?

— Rien. Allons-y. »

Un silence de mort régnait dans l'immeuble quand nous sommes passés dans le couloir. Nous étions à mi-chemin de l'ascenseur quand je me suis souvenu de Phil et Marge. Je l'ai mise au courant.

« On ne peut pas attendre. Il va faire bientôt jour.

— Prenons au moins le temps de voir s'ils sont levés. »

Elle n'a pas pipé mot. Elle est restée debout devant l'ascenseur pendant que je m'éloignais dans le couloir et frappais doucement à la porte de nos amis. Pas de réponse. J'ai jeté un coup d'œil du côté de l'ascenseur.

Elle avait disparu.

Mon cœur a fait une embardée. J'avais beau être sûr qu'aucun danger ne nous attendait dans le sous-sol, je n'en étais pas pour autant rassuré. « Ruth », ai-je marmonné, et je me suis rué vers l'escalier.

« Attends ! » C'était Phil qui m'appelait du pas de sa porte.

« Impossible ! » lui ai-je retourné en m'élançant dans la cage d'escalier.

Parvenu au sous-sol, j'ai vu la lumière de la cabine restée ouverte. Celle-ci était vide.

J'ai regardé autour de moi à la recherche d'un commutateur, mais sans succès. Je me suis engagé dans le passage ténébreux en perdant le moins de temps possible.

« Chou ! ai-je appelé, au comble de l'inquiétude. Ruth, ou es-tu ? »

Je l'ai trouvée plantée devant une porte. Celle-ci était ouverte.

« Et maintenant, cesse de te comporter comme si j'étais folle », a-t-elle dit d'un ton sec.

Je suis resté bouche bée et j'ai senti une main se presser sur ma joue. C'était la mienne. Elle avait raison. Il y avait des marches. Et de la lumière en bas. J'entendais des bruits. Des cliquetis métalliques et d'étranges bourdonnements.

Je lui ai pris la main. « Excuse-moi, ai-je dit. Excuse-moi. »

Sa main s'est contractée dans la mienne. « Ça va. Ne t'en fais pas pour ça. On nage en plein mystère, voilà ce qui compte. »

J'ai opiné. Puis ajouté : « Oui », quand je me suis avisé qu'elle n'avait pas pu voir mon signe de tête dans l'obscurité.

« Descendons.

— Je ne crois pas que ce soit une bonne idée.

— Il faut qu'on sache de quoi il retourne, a-t-elle insisté comme si c'était une mission dont on nous avait chargés.

— Mais il doit y avoir quelqu'un en bas.

— On se contentera d'un petit coup d'œil en douce. »

Elle m'a entraîné. Et sans doute avais-je trop honte de moi pour résister. Nous avons commencé à descendre les marches. Puis ça m'a traversé l'esprit. Si elle ne s'était pas trompée pour ce qui était de la porte dans le mur et des machines, elle devait avoir raison pour ce qui était du gardien et celui-ci possédait donc bien...

J'ai éprouvé une vague impression d'irréalité. Septième Rue Est, me suis-je répété. Un immeuble résidentiel dans la Septième Rue Est. Tout ça est bien réel.

N'empêche que j'avais un certain mal à m'en convaincre.

On s'est arrêtés au bas des marches. Et mes yeux se sont écarquillés. Des machines, effectivement. Des machines fantastiques. Et à bien les regarder, je me suis rendu compte de quel genre de machines il s'agissait. Moi aussi j'avais un petit bagage scientifique – la fiction en moins.

Je me suis senti pris de vertige. On ne pouvait s'adapter en un clin d'œil à une chose pareille. Passer comme ça d'un immeuble d'habitation en brique à ce... cette concentration d'énergie ! J'étais sidéré.

Je ne sais pas combien de temps nous sommes restés là. Mais je me suis soudain avisé qu'il nous fallait quitter cet endroit au plus vite et faire part de notre découverte.

« Viens », ai-je dit. Nous avons remonté les marches pendant que mon cerveau fonctionnait lui-même comme une machine. Dévidant à toute allure, furieusement, idées et théories. Aussi folles les unes que les autres – aussi plausibles les unes que les autres. Même les plus folles.

C'est au moment où nous nous élancions dans le couloir du sous-sol que nous avons vu le gardien venir vers nous.

Il faisait encore sombre en dépit des premières lueurs de l'aube. J'ai saisi Ruth et nous nous sommes blottis derrière un pilier. Immobiles, retenant notre respiration, nous avons écouté le bruit sourd des pas qui se rapprochaient.

Il est passé devant nous. Il tenait une torche électrique, mais sans en promener le faisceau autour de lui. Il se contentait de marcher droit vers la porte ouverte.

C'est alors que ça s'est produit.

Au moment où il pénétrait dans la tache de lumière provenant de la porte, il s'est arrêté. Campé devant l'escalier, il nous tournait le dos.

Mais il nous regardait.

J'en ai perdu le peu de souffle qui me restait. Cloué sur place, j'ai contemplé cet œil derrière sa tête. Et même sans visage pour aller avec, il y avait comme un sourire dans ce maudit œil. Un sourire mauvais, sûr de lui, effrayant. On nous voyait, on s'en amusait et on n'avait pas la moindre intention de donner suite.

Il s'est engagé dans l'escalier et la porte s'est refermée derrière lui avec un bruit sourd. Le panneau de pierre a coulissé, la dérobant à la vue.

Nous sommes restés là, pris de tremblote.

« Tu l'as vu, a fini par articuler Ruth.

— Oui.

— Il sait qu'on a vu ces machines et il n'a rien fait. »

Nous avons poursuivi notre conversation dans l'ascenseur.

« Ce n'est peut-être pas si grave, ai-je dit. Si ça se trouve... »

Je ne suis pas allé plus loin. Je revoyais ces machines. Je savais de quoi il s'agissait.

« Qu'est-ce que nous allons faire ? » s'est inquiétée Ruth.

Je l'ai regardée. Elle était terrorisée. Je l'ai entourée de mes bras. Mais je n'en menais pas plus large qu'elle. « On ferait bien de partir. Et en vitesse.

— Sans faire nos bagages ?

— On se grouille de remplir nos valises et on file avant le lever du jour. Je les vois mal...

— *Les* ? »

Pourquoi avais-je dit ça ? *Les*. Ils étaient forcément plusieurs. Toute une bande. Le gardien n'avait pas pu fabriquer ces machines tout seul.

C'était le troisième œil, semblait-il, qui finissait de donner consistance à ma théorie. Et lorsque nous nous sommes arrêtés chez Phil et Marge et qu'ils nous ont demandé ce qui se passait, je leur ai fait part de mes conclusions. Elles n'ont pas dû surprendre beaucoup Ruth. C'étaient sans doute aussi les siennes.

« Je pense que cette maison est un astronef », ai-je déclaré.

Ils ont ouvert de grands yeux. Phil a souri, puis il est redevenu sérieux quand il s'est aperçu que je ne plaisantais pas.

« *Quoi* ? a fait Marge.

— Je sais que ça a l'air dément, ai-je dit comme si je faisais concurrence à ma femme. Mais ces machines sont des moteurs de fusée. Je ne sais pas comment ils sont arrivés là, mais... » J'ai haussé les épaules, complètement désarmé. « Tout ce que je sais, c'est que ce sont des moteurs de fusée.

— Ça ne veut pas dire que c'est... un astronef ? » a mollement achevé Phil, passant de l'affirmation à l'interrogation en cours de phrase.

« Si », a dit Ruth.

J'en ai eu la chair de poule. La question paraissait tranchée. Elle avait eu raison trop souvent ces derniers temps...

« Mais... » Marge a haussé les épaules. « Dans quel but ? »

Ruth nous a regardés. « Moi, je sais.

— Tu sais quoi, mon chou ? » je regrettais déjà ma question.

« Le gardien. Ce n'est pas un humain. Nous le savons. Ce troisième œil en est la preuve...

— Tu veux dire que ce n'est pas de la blague ? » Phil n'en revenait pas.

J'ai opiné. « Il a bel et bien un troisième œil. Je l'ai vu.

— Dieu du ciel !

— Mais ce n'est pas un humain, a repris Ruth. Un humanoïde, oui, mais pas originaire de la Terre. Il pourrait passer pour l'un d'entre nous – s'il n'y avait cet œil. Mais il se pourrait qu'il soit complètement différent, à ce point différent qu'il s'est trouvé obligé de changer d'aspect. De se munir de cet œil supplémentaire pour nous observer à notre insu. »

Phil s'est passé une main tremblante dans les cheveux. « C'est dément », a-t-il commenté. Il s'est effondré dans un fauteuil. Nos épouses l'ont imité. Pas moi. Je ne tenais pas en place. Il fallait filer au plus vite, me semblait-il. Mais les autres n'avaient pas l'air de se sentir en danger. Finalement, j'ai estimé que nous ne risquions pas grand-chose à attendre jusqu'au matin. À ce moment-là je préviendrais Johnson ou quelqu'un d'autre. Rien ne pouvait se passer dans l'immédiat.

« C'est dément, a répété Phil.

— J'ai vu ces machines, ai-je insisté. Elles sont vraiment là. Impossible de nier leur existence.

— Écoutez, a dit Ruth, ce sont probablement des extraterrestres.

— Qu'est-ce que tu racontes ? » a fait Marge avec irritation. Nul doute qu'elle mourait de peur.

« Allons, mon chou, suis-je intervenu sans grande conviction, tu lis trop de science-fiction. »

Ses lèvres se sont pincées. « Ne remets pas ça. Tu m'as crue folle quand j'ai commencé à avoir des soupçons sur cet endroit. Même chose quand je t'ai dit que j'avais vu ces machines. Même chose encore quand je t'ai dit que le gardien avait trois yeux. Alors fie-toi un peu à moi. »

Je me suis tu. Et elle de continuer sur sa lancée.

« Admettons qu'ils viennent d'une autre planète, a-t-elle

repris à l'intention de Marge. Supposons qu'ils aient besoin de Terriens comme sujets d'expérience. D'*observation* », s'est-elle empressée de corriger à l'intention de je ne sais qui, l'idée de servir de cobaye à des concierges à trois yeux venus d'une autre planète n'étant réjouissante pour personne.

« Quelle meilleure façon de se procurer des sujets, a poursuivi Ruth, que de construire un astronef ayant toutes les apparences d'un immeuble et de louer les appartements à un prix modique pour le remplir au plus vite ? »

Elle nous a regardés sans ciller.

« Et pour finir, d'attendre un matin, quand tout le monde est encore endormi, et là... adieu la Terre. »

J'en avais le tournis. C'était dément mais que répondre à ça ? J'avais eu par trois fois des doutes que je croyais fondés. Je ne pouvais plus me permettre de douter. Le risque était trop grand. Et au fond de moi, j'avais la vague impression qu'elle avait raison.

« Mais tout l'immeuble... disait Phil. Comment pourraient-ils... l'enlever dans les airs ?

— S'il sont originaires d'une autre planète, ils ont probablement des siècles d'avance sur nous pour ce qui est des voyages dans l'espace. »

Phil a ouvert la bouche pour répondre, hésité, puis déclaré : « Mais tout ça ne *ressemble* pas à un vaisseau spatial...

— L'immeuble n'est peut-être qu'une coquille qui dissimule le vaisseau, ai-je avancé. C'est le plus probable. Le vaisseau lui-même ne comprend peut-être que les chambres. C'est tout ce dont ils ont besoin. C'est là où tout le monde a les plus grandes chances de se trouver aux petites heures du matin si...

— Non, m'a interrompu Ruth. Ils ne pourraient pas faire éclater la coquille sans attirer l'attention. »

Nous sommes tous restés silencieux, à mijoter dans un nuage de perplexité et de peurs informes. Car comment donner forme à ses peurs quand on ne sait rien de leur objet ?

« Écoutez », a fait Ruth.

J'en ai eu la chair de poule. Au point d'avoir envie de lui dire de garder ses horribles prémonitions pour elle. Parce qu'elles n'étaient que trop sensées.

« Supposons que ceci soit *bien* un immeuble. Supposons que ce soit le vaisseau qui *l'englobe*.

— Mais... » Marge était complètement perdue. Et du coup,

furieuse. « Il n'y a rien à l'extérieur de l'immeuble, c'est évident !

— Ces gens ont probablement une formidable avance sur nous dans le domaine scientifique, lui a rappelé Ruth. Peut-être savent-ils rendre la matière invisible. »

Je crois que nous avons tous eu un haut-le-corps. « Mon chou ! me suis-je récrié.

— Est-ce possible, oui ou non ? »

J'ai soupiré. « C'est possible. *Simplement* possible. »

Nouveau silence. Puis Ruth a repris : « Écoutez.

— Non, suis-je intervenu, c'est à toi d'écouter. J'ai l'impression qu'on s'emballe exagérément là-dessus. Mais il y a *bel et bien* des machines dans le sous-sol et le gardien a *bel et bien* trois yeux. À partir de là, je crois que nous avons de bonnes raisons de débarrasser le plancher. Et tout de suite. »

Cet avis a fait l'unanimité.

« On ferait bien de prévenir tous les locataires, a dit Ruth. On ne peut pas les laisser ici.

— Ça va prendre trop de temps, a objecté Marge.

— Non, elle a raison. Tu fais les valises, mon chou. Je me charge de les prévenir. »

Je me suis dirigé vers la porte et en ai empoigné le bouton. Qui a refusé de tourner.

Un vent de panique a soufflé sur moi. J'ai saisi le bouton de porte à deux mains et tiré dessus de toutes mes forces. L'espace d'un instant, refoulant ma peur, j'ai pensé qu'il était bloqué de l'intérieur. J'ai vérifié.

Il l'était de l'extérieur.

« Qu'est-ce qui se passe ? » a demandé Marge d'une voix tremblante. On la sentait au bord du hurlement.

« On est enfermés. »

Marge s'en est étranglée. Nous nous sommes tous regardés.

« C'est vrai, a dit Ruth, horrifiée. Ô mon Dieu ! Tout est donc vrai. »

Je me suis rué vers la fenêtre. C'est alors que tout l'immeuble s'est mis à vibrer comme sous l'effet d'un tremblement de terre. La vaisselle s'est entrechoquée, des objets sont tombés des étagères. Nous avons entendu une chaise se renverser dans la cuisine.

« Qu'est-ce qui se passe ? » s'est de nouveau écriée Marge. Phil l'a prise dans ses bras au moment où elle commençait à pleurnicher. Ruth s'est précipitée vers moi et nous sommes restés là, pétrifiés, sentant le plancher trembler sous nos pieds.

« Les moteurs ! a soudain hurlé Ruth. Ils les mettent en marche !

— Il faut qu'ils chauffent ! » Bien entendu, ce n'était qu'une supposition de ma part. « On a encore le temps de sortir d'ici ! »

J'ai lâché Ruth et me suis emparé d'une chaise. Mon intuition me disait que les fenêtres n'avaient pas échappé au blocage automatique de toutes les issues.

J'ai lancé la chaise dans la vitre. Les vibrations s'intensifiaient.

« Vite ! ai-je crié au milieu du tumulte. L'escalier de secours ! On va peut-être s'en tirer. »

La panique leur donnant des ailes, Marge et Phil se sont élancés sur le plancher trépidant. Je les ai pratiquement catapultés dans la brèche que j'avais ouverte. Marge a déchiré sa jupe. Ruth s'est entaillé les doigts. Je suis passé le dernier, me plantant un éclat de verre dans la jambe. Sur le coup, je n'ai rien senti tellement j'étais sur les nerfs.

J'ai continué de les pousser devant moi, de leur faire presser le pas. Un des talons des mules de Marge s'est coincé entre deux barreaux de la claire-voie. Elle a laissé sa mule où elle était et c'est en boitillant qu'elle a continué de dévaler les marches métalliques passées au minium, le visage livide et contracté par la peur. Ruth faisait claquer ses ballerines sur le fer juste derrière Phil. Je fermais la marche, berger frénétique de la petite troupe.

Nous avons aperçu d'autres personnes à leurs fenêtres. Entendu certaines d'entre elles se briser au-dessus et au-dessous de nous. Vu un vieux couple se faufiler en hâte hors de chez lui et se précipiter dans l'escalier. Freinant du même coup notre descente.

« Garez-vous ! » leur a crié Marge, furieuse.

Ils ont jeté un regard effrayé par-dessus leurs épaules.

Ruth s'est retournée vers moi, livide. « Alors, tu arrives ? m'a-t-elle lancé d'une voix mal assurée.

— Je suis là. » J'étais à bout de souffle. Il me semblait que j'allais m'effondrer sur ces marches qui n'en finissaient plus.

L'escalier se terminait par une échelle basculante. Nous avons vu la vieille dame se laisser tomber à terre avec un bruit sourd à vous soulever le cœur, accompagné d'un cri de douleur. Elle s'était tordu la cheville. Son mari l'a suivie et aidée à se relever. Les vibrations de l'immeuble étaient désormais d'une formidable intensité. On voyait de la poussière s'échapper d'entre les briques.

Ma voix s'est jointe à celle de la cohue pour crier le même mot : « *Vite !* »

J'ai vu Phil se laisser tomber. Il a presque attrapé Marge au vol. Elle sanglotait de frayeur. Je l'ai entendue émettre un vague « Dieu merci ! » au moment où elle touchait terre et s'élançait dans la venelle avec Phil. Il nous a jeté un regard par-dessus son épaule, mais Marge l'a entraîné.

« Laisse-moi descendre le premier ! » C'était un ordre sans réplique. Ruth s'est écartée et, après m'être accroché à l'échelle, je me suis laissé tomber au prix d'un élancement dans le dessus des pieds et d'une légère douleur aux chevilles. J'ai levé la tête, tendu les bras vers Ruth.

Derrière elle, un homme essayait de l'écarter pour pouvoir sauter.

« Hé, vous ! » ai-je braillé comme un animal enragé, poussé à bout par l'anxiété. Si j'avais eu un pistolet, je l'aurais abattu sans une hésitation.

Ruth a laissé l'homme se lancer dans le vide. Il s'est remis sur ses pieds en soufflant comme un phoque et s'est enfui dans la venelle. L'immeuble tremblait sur sa base. L'air résonnait du grondement des moteurs.

« Ruth ! » ai-je hurlé.

Elle s'est laissée choir et je l'ai rattrapée. Nous avons repris notre équilibre et foncé dans la venelle. J'arrivais à peine à respirer. Un point de côté me taraudait l'aine.

Au moment où nous faisions irruption dans la rue, nous avons aperçu Johnson qui se déplaçait dans le désordre général, s'efforçant de rassembler les gens.

« Allons ! criait-il. Du calme ! »

Nous nous sommes rués vers lui. « Johnson ! ai-je lancé. Le vaisseau... il est...

— Le vaisseau ? » Il avait l'air de ne pas en croire ses oreilles.

« L'immeuble. C'est un vaisseau spatial ! Il est... » Le sol a violemment tremblé.

Johnson nous a tourné le dos pour empoigner quelqu'un qui passait à toute allure. Ma respiration s'est bloquée, Ruth a laissé échapper un hoquet et s'est plaqué les mains sur les joues.

Johnson continuait de nous regarder. De ce troisième œil. Celui qui semblait receler un sourire.

« Non ! a sangloté Ruth. Non ! »

C'est alors que le ciel, qui semblait s'éclaircir, a viré au noir. J'ai regardé autour de moi. Des femmes hurlaient de terreur. J'ai tourné la tête dans toutes les directions.

Des murs masquaient le ciel de toutes parts.

« Ô mon Dieu, a fait Ruth. On ne peut pas s'en aller. C'est tout le quartier qui est piégé. »

Puis les fusées sont entrées en action.

TABLE

Quand le veilleur s'endort 5
L'habit fait l'homme 21
La chose 27
Avis à la population 39
Mamour, quand tu es près de moi 47
La maison enragée 73
Une résidence de haut vol 105

Librio

355

Achevé d'imprimer en Italie par Grafica Veneta
en décembre 2018 pour le compte de E.J.L.
87, quai Panhard-et-Levassor, 75013 Paris
EAN 9782290340813

1er dépôt légal dans la collection : mars 2000

Diffusion France et étranger : Flammarion